옆집 천사님 때문에 어느샌가
인간적으로 타락한 사연

사에키상

일러스트 하네코토

Vol.4

©Hanekoto

©Hanekoto

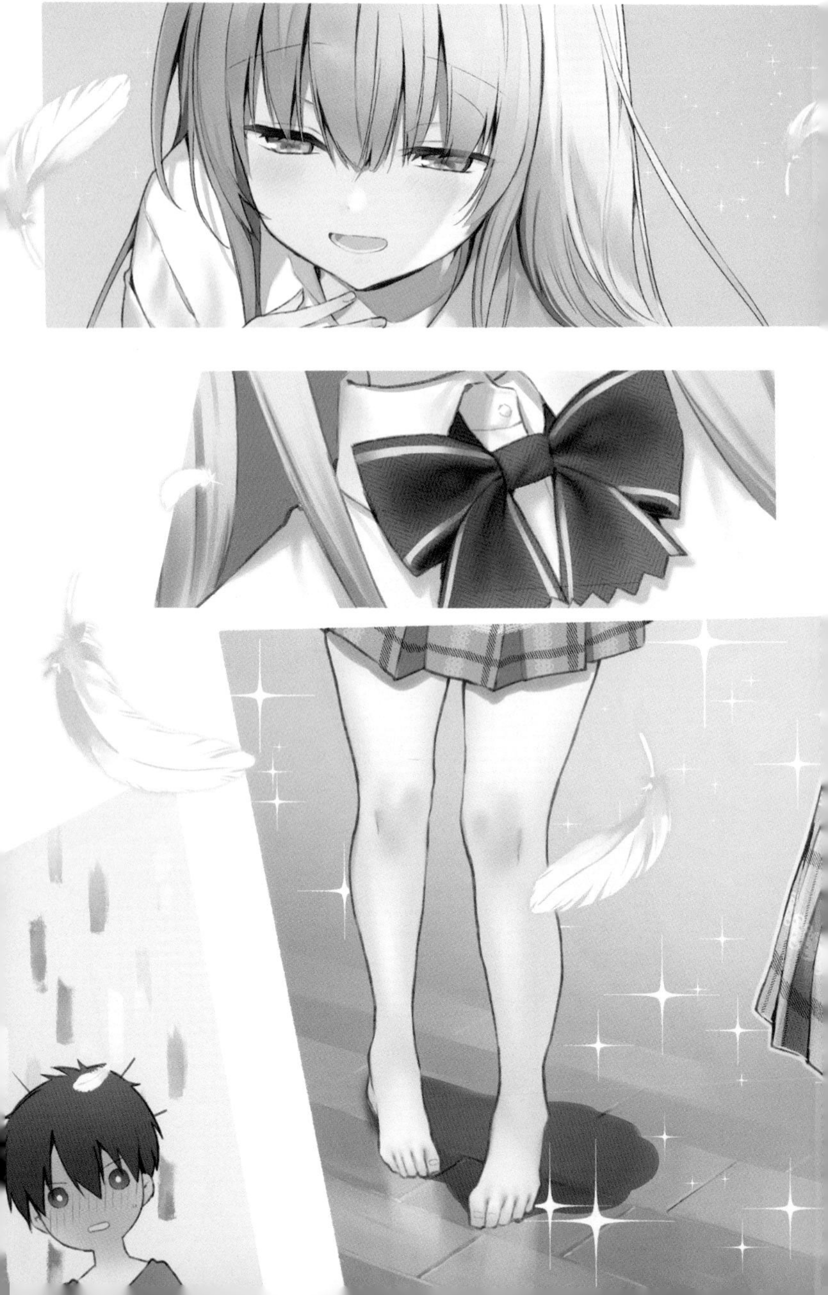

"이상한 데는 없나요?"

"귀여운 사람."

눈앞에서 연갈색 비단실이 살랑거리고
열기를 띤 뺨에
부드러운 무언가가 살짝
스친 느낌이 들었다.

©Hanekoto

목차

후지미야 아마네

진학하고 자취를 시작한 고등학생.
집안일을 못해서 엉망으로 생활했다.
자신을 비하하는 경향이 있지만
근본은 착하고 상냥하다.

시이나 마히루

아마네의 옆집에 사는 소녀.
학교 제일의 미소녀, 천사님으로 불린다.
아마네의 생활을 보다 못해
식사를 챙겨 주고 있다.

©Hanekoto

일러스트
하네코토

제1화 천사님의 생각

'사귀는 건 아니지만, 그 사람은 저에게…… 가장 소중한 사람이에요.'

같은 반 아이들이 보는 앞에서 마히루가 고백한 말을 듣고, 아마네는 그 발언의 뜻을 헤아리는 데 정신이 팔려서 수업도 제대로 듣지 못했다.

소중하다는 말에 어떠한 감정이 담겨 있을지, 아마네는 알 수 없다. 우정인지, 친근함인지, 아니면 남녀의 감정인지.

자꾸 생각할수록 뇌에서 불안과 초조함, 희미한 기대감이 빙빙 맴돌았다.

뭐라 표현하기 어려운 감정을 안고서 하루를 보내는 아마네를 본 이츠키는 웃음을 지었지만, 놀리지는 않았다.

이츠키가 아무 말도 하지 않아서, 아마네 혼자 생각해서는 마히루가 뭘 생각했는지 결론을 끌어낼 수 없었다.

무슨 뜻으로 말했는지 본인에게 물어보고 싶어도 학교에서는 차마 물어볼 수 없는 답답함을 끌어안고 하루를 보낸 뒤, 집에 와서 조심조심 물어봤더니 마히루가 어리둥절한 표정을 지었다.

"거짓말한 적은 없는걸요."

저녁 준비를 하겠다고 앞치마를 두르면서 왠지 무덤덤한 투로 술술 말하는 마히루는 아마네가 시선을 이리저리 돌리는 것을 알아챘는지 살포시 웃었다.

　"제 교우관계는 범위가 좁으니까요. 사람들과 알맞게 잘 교류하고 있지만, 명확하게 친한 사이로 부를 사람은 아마네 군과 치토세 양, 아카자와 씨밖에 없어요. 물론 모두 소중하지만, 그중에서도 가장 친하고 함께 있어서 가장 마음이 편해지는 사람은 당신이겠죠."

　"그, 그래……."

　아마네도 마히루와 친하다고 할 사람이 본인이 언급한 만큼밖에 없음을 잘 알지만, 이렇게 직접 가장 친하고 마음이 편해지는 사람이라는 소리를 들을 줄은 몰랐다.

　"같이 지낸 시간은 반년 정도지만, 반년 동안 저는 무척 농밀한 시간을 보냈다고 봐요. 남과 깊게 엮이지 않고 산 저로서도, 아마네 군이 가장 친근하고 마음에 들어요."

　스스럼없이 담담하게 하는 말에 신음이 나오려는 것을 참고 마히루의 눈을 보니, 온화한 빛을 띤 눈이 아마네를 주시하고 있다.

　"제 세상은 작아요. 좋아하는 사람도 별로 없는, 손바닥 크기의 작은 모형 정원에 사는 셈이죠. 아마네 군은…… 그중에서 가장 가깝고 소중한 사람. 제가, 있는 그대로 있어도 괜찮다고 말해 준 사람."

　"마히루……."

"그러니까 그런 부분에선 아마네 군이 조금 자신감을 가져 주세요."

본심을 여실히 전하는 부드러운 표정을 봐서 무의식중에 볼이 열기를 띠었지만, 마히루는 알아챈 기색이 없다.

노린 게 아니니까 이토록 가슴을 쥐어뜯고 싶을 만큼 부끄럽고, 조금씩 번지는 기쁨이 아마네를 떨리게 하는 것이리라.

"애초에 제가 당신을 가장 신뢰한다는 것 정도는 알 텐데요. 따로 소중한 사람이 있을 줄 알았나요?"

"그런 건 아니야. 하지만…… 그렇게 말하면 다른 사람들이 착각할 게 뻔하잖아."

"저는 의도해서 그렇게 말한 거예요."

변함없이 웃는 얼굴인 마히루를 빤히 바라보는 아마네에게, 마히루는 여유가 엿보이는 태도로 더욱 싱그럽게 웃었다.

"애초에 그대로 얼버무렸다간 끈질기게 캐물을 테고, 이상하게 지레짐작할 게 뻔하잖아요."

"그건 그렇지만."

"그렇다면 알맞게 정보를 흘려야 소문도 관리하기 편해지는 법이에요. 이상한 오해를 부를 바에야 스스로 어느 정도 방향성을 만드는 게 좋으니까요."

"그러하십니까……."

마히루도 나름대로 생각이 있어서 그렇게 선언한 것임을 알지만, 아무것도 모르는 상태로 언급당한 아마네는 심장이 철렁하는 순간이었다.

결국 그 발언이 있은 뒤로 소란이 더 커졌지만, 본인이 온화한 천사의 미소만 지어서 지금쯤 마히루를 좋아하는 남자들은 그 상대가 누구일지 끙끙 앓고 있으리라.

  "아무튼 그런 건 미리 말해 줘야지. 나도 착각할 수 있으니까 조심해 줘."

  "착각, 말인가요."

  "보통은 그렇게 말하면 당사자인 나도 다른 사람들처럼 생각할 거라고."

  호의 자체는 그럭저럭 받고 있다고 생각한다. 안 그러면 마히루가 이토록 마음을 터놓지 않을 것이고, 이렇게 신뢰하는 눈으로 볼 일도 없다.

  그러나 그게 어떤 감정인지 헤아릴 수가 없었다.

  아마네가 마히루를 보는 감정과 같은 것인지, 같은 열기를 띤 것인지.

  자신의 마음속 감정은 그토록 쉽게 입 밖으로 꺼내지 못하는 법이다.

  뜨겁게 타오르는 감정도, 가슴이 터질 것처럼 격한 감정도 아니다. 하지만 확실하게 열기가 있으면서 포근한 등불 같은 감정.

  마히루는 아마네가 처음으로 자신의 가슴속에서 생긴 자애와 애정으로 소중히 여기고 싶은 상대다.

  이런 감정을, 평소 그저 사이좋은 이성 친구로 접하는 상대에게 아무런 각오도 없이 털어놓을 수는 없다.

아마네의 호의와 똑같은 감정이 마히루에게도 있는지, 알 리가 없다. 그렇기에 착각하지 않도록 자신을 타이르는 것이다.

"마히루 너도, 예를 들어서 내가 그런 타이밍에 마히루가 소중한 사람이라고 말하면 뭔가 마음에 걸릴 거잖아?"

"아마네 군은 애초에 남 앞에서 공언하지 않을 것 같은걸요."

"그건 그렇지만."

"아니면, 공언해 줄래요?"

"나중에 바늘방석에 앉은 기분이 될 게 뻔한데."

딱 봐도 바늘 같은 시선에 찔려 속이 쓰릴 게 뻔하다. 오히려 시선에 찔려 죽을 수준일 것이다.

잘 알면서도 각오도 없이 사지에 뛰어들 생각은 없다며 손을 흔들자, 마히루가 키득 소리를 내고 작게 웃었다.

하지만 그건 웃긴다거나 재미있다는 느낌이 아니라, 왠지 모르게 허탈함과 체념이 슬쩍 섞여 있었다.

"그렇겠죠. 아마네 군은 모험하지 않는 성격이니까요."

"왠지 한심하다는 듯이 말하는 거 같은데……."

"기분 탓이에요."

기분 탓이라고 보기에는 체념이 드러난 것 같지만, 마히루는 아마네에게 설명할 마음이 없는 모양이다.

못 말리겠다는 듯 한숨을 쉰 마히루는 그대로 주방으로 이동했다.

"저기 말이야……."

"왜요?"

"만약 내가 공언하면 마히루 너한테도 영향이 갈 텐데, 그건 허용하는 거야?"

"뻔한 소리인데요. 그야 당연하죠. 각오하지도 않고 아마네 군에게 쉽게 물어보진 않아요."

정말로 스스럼없이 말하는 바람에 아마네가 할 말을 잃었지만, 마히루는 돌아보지도 않고 앞치마를 살랑거리면서 조리 도구를 준비하고 있다.

"저와 아마네 군은 처지가 다르니까 받는 시선과 감정이 다른 것도 잘 알아요. 아마네 군이 말하지 않는 것도 이해하고요. 아마네 군이 상처받지를 않았으면 하는 마음도 있으니까요."

"그건……."

"인기가 많아서 참 곤란하네요. 사람이 사람을 만나는 것도 감시하고 참견하니까요."

딱 봐도 질린 듯한 투로 중얼거린 마히루는 그 자리에서 빙 돌아섰다.

"하지만 여기선 둘이서 있으니까 아무도 참견하지 않아요. 지금은 그걸로 만족할게요."

요염하게 웃는 마히루를 보고, 아마네는 더는 뭐라 말하지 못하고 그저 아름다운 미소를 가만히 구경할 수밖에 없었다.

제2화　천사님의 위험 발언

　마히루의 폭탄 발언이 있고 하루가 지났지만, 반에서는 여전히 천사님의 소중한 사람 소식의 흥분이 식지 않은 상태였다.

　지금껏 성별을 불문하고 평등하게 대하면서 남자의 그림자를 전혀 보이지 않았던 천사님이 입에 담은 소중한 사람 발언은 정말로 관심을 끄는 듯하다.

　다만 마히루는 자신이 말한 것 말고는 어떻게 물어봐도 철저하게 대답하지 않았고, 가장 친한 치토세도 모른다고 대꾸하는 바람에 그 정체는 여전히 알려지지 않았다.

　소문의 그 남자인 아마네에게는 다행이지만, 한편으로는 언제 들킬까 싶어서 조마조마한 상태였다.

　"뭐, 얼굴을 자세히 보면 알아볼 테지만. 차림새를 포함해서 멀리서 보면 잘 모를걸?"

　옆에서 진열 상품을 물색하던 이츠키가 아마네의 걱정을 웃어넘기듯 말했다.

　그 발언의 충격으로 잠시 깜빡했지만, 마히루에게 어울리는 남자가 되려고, 마히루가 좋아해도 되게 하려고, 자신을 더욱 연마하자는 의미에서 운동할 때 쓸 물품을 사려고 이츠키, 유타와 함께 스포츠용품을 파는 가게에 왔다.

　시험 전 동아리 활동 중지 기간이라는 이유로 여유가 생겼다고 하는 현역 육상부 에이스에게 러닝슈즈를 고르는 것을 도와달라고 부탁한 참이다.

　"그야 평소 머리도 수수하지, 태도는 무뚝뚝하고 차가운 느낌이지, 표정도 별로 안 변하잖아. 너는 그 사람이 있을 때 노골적으로 표정이 많아지고 눈빛도 부드럽게 확 풀리니까, 학교에선 너하고 연결해서 생각하지 않을걸."

　"후지미야는 의외로 감정이 잘 드러나서 깜짝 놀랐어."

　"거참 말이 많네."

　아마네 자신도 마히루를 대하는 태도가 다른 사람보다 부드럽다고 잘 아는 만큼 남들이 그 사실을 지적하니까 수치심이 끓는다.

　교류를 막 시작한 유타에게도 들킨 것이 괜히 더 부끄러웠다.

　수치심을 흘리듯이 자연스럽게 미간을 좁히는 아마네를, 처음에 말을 꺼낸 이츠키가 실실 웃으면서 본다.

　"좋아하는 여자애가 생기면 변할 거라는 예상이 적중했군."

　"그만 말해……."

　"네네, 안 부끄러운 척하긴. 참 순수한 자식이로고."

　"징그럽게 말하지 마."

　"조금 질리는걸."

　"유타는 왜 아마네 편을 드는데. 이럴 때는 내 편을 들라고."

　"아니, 그건 좀…… 안 그래?"

"눈물이 날 것 같다."

말처럼 느끼는 기색이 조금도 없는 이츠키는 한동안 실실 웃으면서 쿡쿡 찌른 다음 어깨를 으쓱했다.

"뭐, 그 사람도 정말로 여러 가지 의미로 고생이 많지만. 어제 퍼포먼스도 포함해서 말이지."

"퍼포먼스는 무슨…… 그건 어차피 착각할 거라면 거짓말하지 않는 선에서 스스로 어느 정도 방향성을 정하려는 거라고."

"아하, 그 사람은 그렇게 설명했나. 물론 그런 의미도 있겠지만, 남자를 털어내는 겸 다른 여자애들을 적으로 돌릴 생각은 없다는 의미도 있을걸? 인기가 많으면 많든 적든 질투를 받는 법이니까. 소중한 사람이 있고 그 사람 말고는 안중에도 없다는 식으로 말을 흘리면 가령 유타가 근처에 있어도 관심이 없다고 말할 수 있을 테니까."

"그렇군."

"그리고 뭐, 견제가 아닐까."

"견제?"

"아…… 신경 쓰지 마. 잊어 줘. 그나저나 그 사람이 특별하다는 건 척 봐도 알겠고, 그 사람도 그건 잘 알고 있을 거야. 밀어붙이면 이길 수 있다니까. 오히려 자빠뜨릴 기세로 밀어붙여. 남자도 가끔은 힘으로 밀어붙이는 게 중요하다고."

자빠뜨리라는 말에 연휴 때 있었던 해프닝이 떠오른 아마네는 눈을 돌렸다.

(일부러 그런 건 아니야.)

그건 예측하지 못한 사고였고, 몸의 균형을 잃고 위에 올라탔을 뿐이니까 의도적으로 저지른 짓은 아니다. 애초에 그렇게 발칙한 짓을 했다간 마히루가 싫어할 게 뻔하니까 아마네가 고의로 그럴 수는 없다.

　그러나 무언가를 기다리는 듯한, 마히루의 그 표정을 또 봤다간──버틸 수 있을지 모르겠다.

　"오호…… 내가 모르는 곳에서 해프닝이 있었나? 땡잡은 이벤트?"

　기억을 떠올리고 뺨에 희미하게 열이 오른 아마네를 보더니 이츠키가 흥미진진한 기색으로 손을 꼬물거렸다.

　"넌 좀 닥치고 있어."

　"이츠키, 저질이야."

　"아까부터 넌 누구 편이야? 유타 너도 진전을 원하잖아!"

　"그렇게 히죽히죽 웃는 사람 편을 들긴 싫은데. 뭐, 후지미야는 너무 숙맥인 것 같지만."

　"내가 봤을 때는 둘 다 적인데."

　유타도 그렇게 평가하는 바람에 마음이 복잡하지만, 아마네 자신도 남자답지 않다고 생각하니까 반론하긴 어려울 듯하다.

　"워워. 그냥 응원만 하는 거라니까. 나는 별로 친하지 않아서 억측만 하는 거지만, 그 사람은 후지미야 말고는 친근감을 드러내지 않은 것 같고, 진심으로 신뢰하는 사람도 후지미야밖에 없다고 봐. 그 사람은 엄청나게 경계심이 강해 보이잖아? 그런 사람이 후지미야를 볼 때만큼은 눈빛이 다르단 말이지."

"신뢰하는 것도, 인간적으로 호의를 보이는 것도, 다 알지만. 그래도 말이지……."

"왜 자꾸 어렵게 생각하는 걸까. 너 자신을 믿어 보라고. 후지미야 넌 성격도 좋고, 목표가 생기면 꾸준히 노력할 줄 아는 사람이라고 봐. 자, 정 자신이 없다면 근육을 키워서 멋진 남자가 되라고. 근육이 자신감을 키울 거야. 근육이 붙으면 자세가 좋아지고, 자세가 좋아지면 주위도 긍정적으로 보이고, 물리적으로 강해지면 자신감도 생기겠지."

"너무 자신만만한걸."

"책에서 그러더라고."

자신의 체험담인가 싶었는데 책에서 한 말이라고 짓궂게 고백한 유타가 장난스럽게 웃고 아마네의 어깨를 두드렸다.

"뭐, 후지미야는 키가 작은 것도 아니니까 조금만 더 튼튼해지는 것이 균형이 잘 잡혀서 인상이 좋아지긴 할 거야. 기왕에 타고난 몸이 있으니까, 잘 다듬지 않으면 손해라고."

"노력해 볼게……."

"피지컬은 유타가, 멘탈은 내가. 완벽한 포진이네."

"네가 조금 불안한데."

"말이 심하네."

"농담한 거야. 적당히 의지해 볼게……."

"이 녀석도 참, 솔직하지 못하네."

팔꿈치로 옆구리를 쿡쿡 찔러서 아마네는 일부러 그 존재를 싹 무시하고 옆에서 미소를 짓는 유타에게 시선을 돌렸다.

아마네는 이미 신발을 신어 보고 살 것을 골랐다. 더 필요한 물건도 다 찾았다. 가게에서 오래 죽치고 있으면 방해만 될 테니까 얼른 계산을 마치려고 챙긴 상품을 슬쩍 들었다.

  "카도와키, 계산하러 가자."

  "그러지. 나도 새로운 러닝웨어를 사야겠어."

  "날 너무 무시하는 거 아니야?"

  두 사람의 의도를 이해했는지 이츠키가 계산대로 가는 아마네와 유타의 뒤에서 미묘하게 풀이 죽은 소리를 내뱉자, 아마네와 유타는 서로 얼굴을 보고 작게 웃었다.

  "그래서 말인데…… 운동량을 조금 늘리려고 해서, 집에 없는 시간이 늘어날지도 몰라."

  집에 와서 마히루가 차린 저녁밥을 싹싹 해치운 뒤, 아마네는 마히루에게 집을 비우는 시간이 늘어날 거라고 전했다.

  운동하는 사람은 아마네 자신이지만, 함께 지내는 시간이 많고 저녁 식사를 담당해 주는 마히루에게 말도 없이 시작했다간 불편을 끼치리라.

  평소처럼 식사 후 소파에서 느긋하게 있던 마히루는 아마네의 말을 듣고 조금 놀란 듯 캐러멜 빛깔의 눈을 휘둥그레 떴다.

  "갑작스럽네요. 운동에 따라 식단을 조정하겠지만요…… 뭐랄까, 깜짝 놀랐어요. 운동하는 건 좋지만, 무슨 일이라도 있었나요?"

  "단순히 남자로서 더 단련하고 싶어서."

© Hanekoto

마히루에게 인정받고 싶다거나, 어울리는 사람이 되고 싶다거나, 마히루가 자신을 좋아해 줬으면 좋겠다거나 하는 식으로 대놓고 말할 수는 없는 노릇이라서 얼버무리지만, 마히루는 곱고 맑은 목소리로 웃었다.

"어머, 칠칠하지 못하게 살던 반년 전의 아마네 군을 생각하면 있을 수 없는 말이네요."

"야, 너무 놀리지 마. 공부도, 운동도, 외모를 다듬는 것도, 해서 손해 볼 일은 없으니까."

"그건 그렇지만요……."

참 신기한 일도 다 있다는 눈으로 봐서 안절부절못하고 시선을 돌리지만, 아무래도 마히루는 깊게 추궁하지 않으려는 모양이다.

어이없다는 듯이, 왠지 흐뭇해하는 느낌도 드는 웃음을 띠고 아마네의 손끝을 간질이듯이 콕콕 찔렀다.

"무리하면 안 돼요. 아마네 군은 노력하는 사람이니까요. 하자고 결심한 일은 철저하게 할 테니까, 제어가 안 되기 전에 꼭 의지해 주세요."

"그건 걱정하지 않아. 트레이너가 있으니까."

"카도와키 씨 말이군요."

"체력 단련의 전문가는 아니지만, 초보적인 것부터 여러모로 배울 거야."

"그렇다면 저는 아마네 군 전용 요리사겠네요. 영양 균형을 잘 생각해서 만들게요."

몸을 만들려고 운동량을 늘리면 당연히 식사 내용도 바꿔야 할 테고, 그만한 양도 필요해진다.

정말로 몸을 만들려면 마른 체형인 아마네는 체중을 늘리고 다듬어 나가야 할 테지만, 그만큼 세밀하게 조절하려면 마히루의 부담이 커질 테니 어디까지나 할 수 있는 범위에서 단련하는 것으로 결론을 봤다.

지금만 해도 식사 면에서 뭐든지 다 의지하는 상황이니까 이보다 더 요구하는 것은 가슴이 아프지만, 마히루는 싫은 내색을 전혀 보이지 않고 받아들였다.

"여러모로 미안해."

"아뇨. 아마네 군이 정한 일이라면 기꺼이 도울 테고, 응원도 할 테지만요…… 그 전에 시험이 있다는 사실을 잊으면 안 되거든요?"

"잊은 적 없어. 매일 복습하고 있고."

"착한 아이로군요."

참 잘했다는 듯이 아이를 칭찬하는 것처럼 부드러운 목소리로 머리를 쓰다듬으면 아마네도 차마 손을 뿌리칠 수가 없어진다.

다만 이렇게 당하기만 하면 마음이 복잡해지니까 조금 원망하는 눈으로 쳐다봤다.

"너무 무시하지 마…… 공부든 단련이든 양립할 수 있어."

아마네는 원래부터 성실한 성격이고 수업도 잘 들어서 수업 내용만으로도 대부분 이해할 수 있다. 집에서 예습과 복습을 거르지 않는 만큼 기본적으로 학생의 본분에서 곤란할 일은 없다.

그 노력의 비율을 운동에 다소 기울인다고 해도 기존에 공부하던 것을 소홀히 할 리는 없고, 애초에 공부도 더 성실하게 할 작정이었다. 둘 다 어중간한 결과를 내는 것은 피할 생각이었고, 그런 각오로 마히루의 곁에 머물 수 있으리라곤 생각하지도 않았다.

"그만큼 피곤할 것 같네요. 안겨 볼래요?"

"저기 말이야."

"원한다면 언제든지 받아줄게요."

가슴에 손을 탁 대고 미소를 짓는 마히루를 보고, 아마네는 지난번에 풍만한 그곳에 얼굴을 파묻은 기억이 떠올라 자연스럽게 입술에 힘이 들어갔다.

그때는 단순히 아마네가 기운이 없는 것처럼 보여서 마히루가 달래듯이 끌어안은 거지만, 사춘기 남자에게는 여러모로 견디기 힘든 일이었다.

그때는 정신적으로 여유가 별로 없어서 기대는 것을 우선하며 품에 안긴 것이라서 감각을 확인할 여유도 없었다.

지금은 아니다. 마히루가 그때와 똑같이 끌어안았다간 이번에는 그 몸의 감촉을 확실히 느낄 것이다. 그런 자신이 비겁함을 잘 아니까, 아마네는 사양하고 싶었다.

"마히루 넌 내가 원하면 뭐든지 할 것 같아서 무서워……."

"그야 제가 할 수 있는 일이라면, 어지간한 일은 다 할 거예요. 물론, 보상은 받을 거지만요."

"오히려 보상으로 뭘 요구할지가 더 무서운데."

"대가를 바라지 않는 사랑이라거나 봉사 같은 것은 실제로 정신적인 만족처럼 마땅한 대가가 있는 경우가 많으니까요."

"참고로 묻는 건데, 네가 바라는 보상은 뭐야?"

"저도…… 제가 바라는 것을, 요구할 거예요."

마히루라면 금전이나 물건을 요구하지는 않을 것 같지만, 예상했던 것보다 귀엽고 범위가 넓은 요구를 말해서 무심코 웃음이 나왔다.

"그야 내가 할 수 있는 일이라면 말이지. 등가교환이라는 거네."

"제가 더 욕심이 많아요."

"글쎄다."

"정말이지…… 아마네 군은 제가 얼마나 욕심이 많은지 모르니까 그런 소리를 하는 거죠?"

"그렇다면 시험 삼아 뭐라도 요구해 봐."

그렇게 말한다면 정말 뭔가 엄청난 것을 요구하겠지. 마히루의 욕심이 궁금해진 아마네가 물어보자 마히루는 미묘하게 볼을 부풀렸다.

대체 뭘 말하려는 걸까 싶어서 맑은 캐러멜 빛깔 눈을 가만히 보니까, 마히루가 눈을 이리저리 돌리기 시작했다.

이건 말은 거창하게 했어도 딱히 요구할 게 없는 패턴이거나, 아니면 정말로 엄청난 요구라서 말하기를 주저하는 것이거나, 어느 쪽이든 판단하기 어렵다.

가만히 바라보니 마히루의 뺨이 서서히 발개진다.

"제가 바, 바라는 건."

"응."

"가, 같이……."

"같이?"

"아, 아마네 군도 같이 머리 쓰다듬어 주세요."

뭔가 더 말하려다가 결국 허둥지둥 얼버무리듯 말을 막 던지는 느낌으로 조르는 마히루를 보니 무심코 쓴웃음이 나왔다.

"그거면 돼? 뭔가 더 말하려고 했지?"

"그거면 돼요!"

이어지려던 말이 궁금했지만, 자꾸 건드렸다간 토라질 것 같아서 그만두고 바라는 대로 손을 뻗었다.

가끔 아마네가 머리를 쓰다듬곤 하는데, 마히루 본인이 요구하는 경우는 드물다. 그런 걸 요구하면 대가를 바라지 않고 해줄 테고 오히려 마히루가 싫지만 않다면 아마네가 먼저 해 주고 싶어질 정도인데, 소소한 소원으로 말한 거니까 역시 귀엽다는 생각만 든다.

아마네가 머리를 스스럼없이 쓰다듬자 마히루는 알기 쉽게 표정을 확 풀었다.

"어딜 봐서 욕심쟁이인지 잘 모르겠는데."

"욕심쟁이 맞아요. 더 만져 줬으면 하니까요."

"만지라니."

아마네가 무심코 몸을 굳힌 것도 모르고, 마히루는 부드러운 표정을 지은 채 왠지 몽롱해진 눈으로 마히루를 쳐다봤다.

"저는 아마네 군이 만지는 게 좋아요. 딱히 사람의 온기를 좋아하는 건 아니지만요. 아마네 군의 손은 마음이 참 편해져요."

"그, 그래?"

들기에 따라선 엄청난 소리를 했는데, 마히루 본인은 그 점을 별로 의식하지 않는지 여전히 풀어진 얼굴로 조르듯이 몸과 머리를 바싹 들이댔다.

거리가 가까워진 탓인지 달콤한 향기가 아까보다 물씬 풍겨서 심장 고동에 박차를 가한다.

(나를 죽이려는 건 아니겠지⋯⋯?)

좋아하는 여자애가 '더 만져 줬으면 한다'고 말하면, 어지간한 남자는 기회다 싶어서 엉큼한 마음을 한가득 채우고 만지려고 들 것이다.

마히루가 아마네를 믿어서 응석을 부리거나 스킨십을 요구하는 것은 잘 알지만, 그것과 별개로 건전한 청소년에게는 강렬한 유혹이다.

"아마네 군은 함부로 접촉하려고 들지 않지만, 이렇다 할 때는 자상하게 마음을 달래듯이 만지잖아요? 그게 무척 차분해지는 느낌이 들고, 마음도 편해져요. 아마네 군의 몸에서 치유의 파장 같은 것이 나오는 걸지도 몰라요."

마히루는 아마네가 나쁜 짓을 할 거라고는 조금도 생각하지 않는다.

"나는 영 편하지 않은데. 마히루는 여자니까, 내 마음대로 만지는 게 아니야."

"저는 그래도 상관없는데요."

"나는 상관있어. 남자한테 몸을 만지라고 해 봐라, 덮치려고 들 거라고."

마음속으로는 남자로 인식하지 않는 게 아닐까? 그런 의문이 들면서도 조금 강하게 경고했더니, "만져 주려고요……?"라고 여유롭게 웃으며 바라봤다.

노골적으로 경계하지 않는 발언에 남자의 자존심이 자극받아서 무심코 마히루의 볼을 꼭꼭 잡았다.

일단 원하는 대로 만지긴 했는데, 마히루는 못마땅한 표정을 지었다.

"밖에선 이렇게 안 말하고, 아마네 군 말고 다른 사람한테 요구하지도 않아요."

"그러면 더 안 되지, 이 바보야."

그렇게 의식하지 않고 도발하는 소리를 들어서, 아마네의 입에서 말로 표현할 수 없는 감정이 가득한 신음이 흘러나왔다.

아마네한테만 허락하는 행위. 그 사실이 이성을 뒤흔들고 있었다.

이성의 족쇄를 풀려고 하는 충동을 필사적으로 제지하던 아마네는 간신히 발칙한 생각을 몰아내고 마히루의 두 손을 자신의 두 손으로 감쌌다.

아마네 자신이 허용할 수 있는 접촉은 이 정도가 한계였다.

마히루는 아마네의 행동에 긴 속눈썹을 떨면서 눈을 딱 감았다 뜨더니, 아주 조금 쑥스러운 기색으로 희미하면서 따스한 웃음을 지었다. 그 표정에서 안도와 행복감이 확실히 보이는 바람에 아마네도 저절로 낯이 간지러웠다.

"따스해요……. 시기를 생각하면 덥겠네요."

"놓을게."

"싫어요. 역시…… 아마네 군의 손은 따뜻하고, 크고, 딱딱하고…… 저와는 다르네요."

"마히루는 작고, 여리고, 가냘프니까, 만지면 불안해."

"간단히 부러지진 않아요. 그리고 아마네 군은 제 몸을 만질때 항상 조심하니까요. 절대로 상처를 주지 않으려고 하는 것은 금방 알 수 있어요."

"여자를 거칠게 만지진 않아……."

하물며 평생 소중히 여기고 싶은 여자라면, 거칠게 대할 수가 없다. 몸과 마음이 전부 섬세한 마히루를 지키고 떠받치고 싶기는 해도, 망가뜨리고 싶은 마음은 없다.

그럴 일은 없다고 알면서도 조금만 힘을 주면 부러질 것 같아 유리 장식을 만지듯 신중하게 손등을 어루만지자, 마히루가 간지러운 듯이 캐러멜색 두 눈을 희미하게 떴다.

"그러니까 신뢰하는 거고, 만지길 바라는 거예요……."

그렇게 미소를 짓는 마히루가 참으로 사랑스러워서 그대로 꼭 끌어안아 자신만의 것으로 만들고 싶은 충동을 속으로 꾹 참고, 아마네도 마히루처럼 미소를 지었다.

제3화　　꿈속 천사님과 수치심

"사랑해요……."

명확하게 열기를 띤 목소리가 한마디 말을 자아낸다.

작지만 귀에 잘 들어오는 목소리를 낸 연홍색 입술이 요염하게 다가온다.

어느새 침대에 누워 상반신만 일으킨 아마네의 다리를 깔고 앉듯이 올라타서 몸이 못 움직이게 하고 있다.

이상하게도 무게는 전혀 느껴지지 않았다.

그저 부드러운 감촉과 그윽한 향기만이 직접 전해졌다.

앞으로 쓰러지듯 몸을 기댄 마히루는 수줍은 듯 시선을 내리면서 아마네의 등 뒤로 팔을 둘러서 몸과 몸 사이의 빈틈을 없앴다. 아래로 눈을 돌리니 몸에 걸린 하얀 원피스의 목 언저리에서 평소 햇빛을 안 받아 뽀얀 살결이 보였다.

깊게 파인 계곡에서 시선을 돌리려고 했더니, 마히루가 놓치지 않겠다는 듯 아마네의 목에 팔을 휘감고 얼굴을 가까이 댔다.

숨결이 입술을 스쳤다.

"더…… 만져, 줄래요?"

그렇게 속삭인 마히루의 가냘픈 등 뒤로 팔을 돌려 끌어안고,

© Hanekoto

아마네는 천천히 입술을 가까이——.

"——!!"

벌떡 일어나 보니, 당연하지만 그곳은 아마네의 방이었다. 침대에는 아마네 혼자. 쳐둔 커튼 사이에서 방으로 아침 햇살이 비치고 있었다.

사이드테이블에 있는 시계를 보니 아직 아침 5시 언저리.

여름을 앞둔 시기라서 그런지 해가 일찍 떠서 생활을 시작해도 될 시간대이지만, 일어날 예정은 아니었던 시각이다.

몸을 일으키고 꿈이었음을 깨달은 아마네는 손바닥으로 얼굴을 누르고 자신의 추잡함에 잠에서 깨자마자 우울해졌다.

(최악이네…….)

그런 꿈을 꿀 줄은 전혀 몰랐다.

지금껏 마히루를 꿈에서 봤을 때도 평소와 똑같은 태도였고, 결코 아마네의 욕망을 노골적으로 반영한 모습은 아니었다.

어제 더 만져 달라는 발언이 있어서 이런 꿈을 꿨을 테지만, 그래도 자신이 너무 한심했다. 꿈이라고는 해도, 아마네의 뇌는 마히루가 하지 않을 짓을 시키고 말았다.

그리고 무엇보다도, 설령 꿈이라도 그런 감정과 충동은 마히루에게 드러내고 싶지 않았는데 그러고 말았다는 사실이 죄책감을 부채질했다.

소중히 여기고 싶다면서도 상처를 주는 행위를 무의식중에 원했다는 현실에 머리를 벽에 박고 싶어졌다.

아마네는 잠재된 자신의 욕망에 눈물이 날 것 같으면서도, 벽치기 단련이라도 하자는 마음으로 움직이려다가 한 가지 사실을 깨닫고 몸을 굳혔다.

"죽고 싶다……."

좌우지간 머리를 박기 전에 나른함과 충동의 잔재를 전부 씻어내지 않으면 하루를 시작할 수 없을 것 같다.

"아마네, 왜 그렇게 죽을상이야?"

쉬는 시간. 그 뒤로 자신의 한심함을 씻어내려고 새벽 조깅을 나서서 몸과 마음이 모두 피폐해진 아마네에게, 수업 중에 상태를 목격한 듯한 치토세가 말을 걸었다.

그렇게 얼굴이 초췌했을까 싶어서 옆에 있는 이츠키를 보니 고개를 끄덕였다.

"아, 그게 말이지…… 아침부터 좀 뛰었거든."

"그러니까 피곤하지. 평소 운동하지 않는 사람이 몸을 움직이면 늘어질 거야."

슬쩍 웃고 등을 찰싹 때리는 치토세의 반응을 보고, 아마네는 깊이 추궁하지 않아서 다행이라며 안심했다.

치토세가 안다＝마히루도 안다고 봐도 좋으므로, 되도록 치토세에게 전해지는 일은 피하고 싶다. 애초에 아무에게도 알리고 싶지 않다.

"몸 상태가 나쁘면 학교가 끝나고 바로 집에 가서 쉬는 게 좋아요. 몸을 혹사하지 않는 게 좋으니까요."

어디까지나 치토세를 따라서 온 모양새로, 곁에 있던 마히루가 걱정하듯이 말을 걸었다.

　학교라서 천사님 모드이긴 하지만, 걱정하는 것은 진짜 같다. 집에 가면 부드럽게 보듬어 줄 것만 같다.

　그러나 지금의 아마네는 그걸 받아들일 수 없다.

　죄책감과 꿈의 잔재가 마히루와 눈을 마주치는 것을 용납하지 않는다. 그리고 아마네 역시 자기 자신을 용서할 수 없었다.

　눈이 안 마주치게 "걱정해 줘서 고마워, 아픈 건 아니니까 괜찮아."라고 감정을 꾹 억누르고 담담하게 말하자 시야 한쪽에서 마히루가 아주 조금 얼굴을 굳혔다.

　아마네는 마히루를 정면에서 보면 어색함과 미안함이 표정에 드러나는지라 감정을 드러내지 않게 한 건데, 마히루가 보면 갑자기 쌀쌀맞게 대하는 것처럼 느낄지도 모른다.

　이유는 설명할 수 없으니까 어쩔 수 없이 입을 꾹 다물고 그냥 넘어가려고 했다.

　주위에는 아마네가 어둡고 내향적인 성격이고 태도가 무뚝뚝하다는 것도 잘 알려진 사실이니까 이상하게 보이진 않으리라.

　"아마네…… 혹시 언짢은 일 있어?"

　"언짢은 건 아니야. 피곤하고, 졸리니까 정신을 바짝 차리려고. 시험도 얼마 안 남았으니까 졸 수도 없잖아."

　"와~! 성실하네."

　"넌 더 성실하게 살아. 우리 학교는 시험이 빡빡하니까, 놀지 말고 조금은 대비해."

"그런 건 다 같이 하는 게 즐겁고 효율도 좋을 것 같은걸."

"그래? 그러면 시이나한테 배우든지."

"그것도 좋지만……."

치토세가 가만히 바라보지만, 아마네는 눈이 마주치지 않게 다음 시간 교과서를 꺼냈다.

더 말했다간 필연적으로 마히루와 대화할 일이 생기므로, 슬쩍 한숨을 흘리고 관심을 보이지 않는 태도로 교과서를 펼쳤다.

방과 후에는 바로 하교해서 저녁거리를 사고 귀가했다.

마히루는 평소처럼 아마네의 집에 와서 요리하고 있는데, 딱 봐도 기운이 없다.

아마네의 분위기에서 뭔가 다른 느낌을 받았는지 슬쩍슬쩍 눈치를 보다가 눈꼬리를 축 늘어뜨렸다. 평소에는 집에서 조금 더 서글서글하게 지내는데 오늘은 학교에서의 거리감과 별로 다르지 않은 걸 보면 신경을 쓴 것이리라.

아마네가 개인적으로 찜찜하니까 되도록 마히루를 의식하지 않으려고 한 건데, 그것을 무시하는 것으로 받아들여도 이상할 것은 없다.

"화났어요……?"

눈도 안 마주치고 식사를 마친 다음 조심스럽게 물어보는 마히루. 아마네는 자신의 실수를 깨닫고 고개를 들었다.

마히루의 눈이 불안으로 일렁이고 있었다.

"화난 거 아니야."

"그렇게 대답할 때는 화났을 때예요. 오늘 하루는 분위기도 이상했고, 태도고 차갑고…… 제가 모르는 사이에 무슨 일이 있었나요……?"

딱 봐도 아마네가 멋대로 피하는 건데도 마히루가 미안한 기색이어서, 자신의 사적인 감정은 더 생각할 수가 없다.

허둥지둥 마히루의 손을 잡고 얼굴을 살폈다.

평소보다 촉촉해진 눈이 아마네를 바라봤다.

"아, 아니야. 네가 뭘 잘못한 게 아니야. 나야말로 상처를 줘서 미안해."

"그러면 왜…… 서먹서먹하게 대하나요?"

"아, 그건 말이지, 이런저런 사정이 있어서 말이야."

이유를 물어보면 어물거릴 수밖에 없다.

솔직하게 말하면 여자인 마히루가 질색할 게 뻔하다. 만약 아마네가 마히루라면 어떻게 반응할지 곤란한 데다가 앞으로 어떻게 대하면 좋을지 고민할 것이다.

"혹시 제가 미워졌다거나."

"그럴 일은 절대로 없어! 개, 개인적인 사정이 있다고 할까…… 내가 멋대로, 여러모로 생각할 일이 생겨서."

"말해 줄 수는 없는 건가요……?"

딱 봐도 시무룩해서 눈썹이 축 처진 마히루의 표정을 보고, 아마네는 끙끙댈 수밖에 없다.

(이걸 어떻게 설명하면 좋지?)

거짓말하긴 싫어서 잘 에둘러서 전하고 싶지만, 어떻게 잘 뭉뚱그려서 말하면 좋을까.

자칫하면 뜻이 잘 전달되지 않고 오히려 혐오감을 불러일으킬 수도 있다.

"벼, 별로 대단한 일이 아니거든?"

"저를 무시할 정도로요……?"

"아니, 그건 말이지. 뭐라고 할까, 마음을 다스리기 위해서? 마음을 차분히 가라앉히기 위해서?"

"제가 있으면 마음이 불편해진다는 거군요."

"그런 뜻이 아니고. 고, 곤란하다는 의미로."

"곤란할 정도로 피해를 준다는 거군요."

"그런 뜻으로 한 말이 아니야! 그게 있지, 이걸 뭐라고 말하면 좋지……."

남자라면 이해할 테지만, 여자한테 말해서 이해해 줄 것 같지는 않다.

그러나 말하지 않았다간 마히루가 이해하고 넘어갈 것 같지 않다. 마히루 탓이 아닌데도 마히루를 피했다면 그 이유를 물어보고 싶어질 테지만, 설명하기 어렵다는 말밖에 할 수 없다.

있는지 없는지도 잘 모를 아마네의 명예를 위해서라도, 되도록 잘 포장해서 전하고 싶다.

"그게 말이지……. 마히루 네가, 만져 달라고 해서. 그게, 뭐라고 할까, 건전하지 못한 꿈을 꿨는데."

"뭐가 건전하지 않아요?"

"네가…… 이런저런 의미로 귀엽게 떼를 쓰는 꿈을 말이지."

잘 생각하고 또 생각해서 뭉뚱그린 결과가 이런 대답이었다.

이런 방면으로 순진한 마히루는 잘 모르겠다는 얼굴로 눈을 깜빡였다.

"저, 정말로, 그러면 안 됐다고 생각해. 평소에는 절대로 그런 눈으로 보지 않으려고 애쓰고 있고, 억지로 만지려고 하지도 않아. 이번에는, 그 뭐냐, 어제 마히루가…… 너무, 귀여운 소리를 하니까. 그래서, 얼굴을 보기가 부끄러워서 피했다고 할까. 싫어서 그런 게 아니라, 내가 한심해서……."

"어떤 식으로 떼를 썼나요……?"

"새로운 수치 플레이?!"

마히루의 표정을 봐서는 질색한 게 아닌 듯해서 안심했지만, 그보다 더 위험한 말이 나와서 얼굴이 실룩거렸다.

꿈에서 본 것은 거의 아마네의 욕망이나 다름없다. 그 사실을 전했다간 마히루를 어떤 눈으로 보는지, 무의식중에 어떻게 생각하는지 들킬 것이다.

"수치 플레이……? 아뇨. 아마네 군이 부끄러워할 정도로 적극적이었나 싶어서요. 여러모로 참고로 삼고 싶거든요."

"안 그래도 돼. 애초에 무슨 일에 참고로 삼을 건데."

"아마네 군의 가슴을 뛰게 할 때요……?"

"심장에 부담을 주는 시도는 하지 마."

무슨 의미가 있다고 아마네의 심장을 폭행하려는 건지 모르겠다. 안 그래도 마히루는 평소 의표를 찌르듯 사람을 놀라게 하니까 이상한 아이디어는 제공하고 싶지 않다.

마히루는 우려와 불안이 전부 사라진 듯 개운해진 표정이었다. 얼굴이 조금 발그레한 것은 실수로 귀엽다고 말한 탓일지도 모른다.

"미워하는 게 아니라면 됐고, 그것만 알았으면 괜찮아요."

　왠지 기분이 좋아져서 빙그레 웃는 마히루가 스스로 한심해진 나머지 입술을 굳게 다문 아마네를 만족스럽게 바라봤다.

"아마네 군은 의외로, 아니 제가 아는 남자 중에서도 가장 순진하네요."

"거참 말이 많네. 너한테도 고대로 돌려주겠어."

"오히려 익숙하면 깜짝 놀라지 않을까요? 남자와 교제한 적도 없고, 제가 먼저 교류하려고 생각한 적도 없으니까요. 이렇게 가깝게 지내는 남자는 아마네 군밖에 없어요."

"나……나도, 여자랑 엮인 적은 별로 없으니까……."

　한심한 소리임을 자신도 잘 알지만, 거짓말할 수는 없다. 애초에 아마네가 여자를 잘 안다고 말했다간 코웃음을 칠 것 같다.

"그러면서도 여자를 잘 다루네요."

"내가 여자를 잘 다룬다고 하면 너무 건방지게 들릴걸. 어디까지나 얼마나 존중해서 대하느냐는 거겠지. 아버지와 어머니도 자주 말했지만, 상대가 싫어할 일은 안 하고, 하면 기뻐할 일만 하는 거야. 상대가 기쁘면 나도 기쁘고…… 보통은 그런 거 잖아?"

"그런 부분이 말이에요. 치사해요."

"뭐가?"

"존재가 치사해요."

"나를 부정하려는 거야……?"

"오히려 긍정하는 거예요. 더 당당하게 굴라고 힘껏 등을 밀어줄 거예요. 그런데 그것도 치사하네요."

"무슨 말인지 못 알아듣겠는데……?"

"지금 몰라도 상관없어요."

예전에도 비슷한 말을 주고받은 것 같은데, 이번에도 뭐가 치사한지 잘 모르겠다.

하지만 굳이 답을 내놓지 않아도 될 것 같다는 생각도 들었다.

아마네의 태도를 보고 걱정해서 풀이 죽었던 마히루가 이처럼 불안한 기색 없이 즐겁게 웃고 있다. 치사하다고 말한다면 치사한 게 맞겠지.

"아무튼 오늘은 좋은 정보를 들었어요."

"뭐가 좋은 정보인데?"

"아마네 군이 처음 경험하는 여자가 저라는 걸요."

터무니없는 발언을 듣고 콜록대는 아마네를 마히루가 이상하다는 듯이 바라본다.

본인은 다른 의도가 없이 생각한 걸 그대로 말한 거겠지. 그만큼 충격도 크지만.

"너 말이야, 말이 이상……하진 않지만, 이상하게 들려! 그리고 그런 소릴 들을 이유는 없거든?!"

"왜 그렇게 허둥대죠? 뭐가 어째서요. 저도 처음 경험하는 것밖에 없어요. 지금까지 서로가 경험도 없이 친해졌다는 뜻이잖아요?"

"그야…… 그렇긴 하지, 만."

지금까지 느낀 걸로도 당연한 거지만, 본인이 무의식중에 그만큼 순진하다고 말하는 것이라서 정말 부끄럽다. 그런 걸 의식하면 안 된다고 생각할수록 괜히 생각나고 만다.

"아마네 군……?"

"아무 일도 아니니까, 나를 보지 말아 주세요."

다시 드러난 자신의 추한 욕망을 들키고 싶지 않아서 소파에 앉아 등을 돌렸다.

보이기 싫고, 마히루를 보고 싶지도 않다.

"왜 존댓말을 쓰죠?"

"따지지 말고."

"그렇다면…… 안 볼게요."

그 대신에 기대듯이 등을 맞대고 앉은 마히루를 돌아보려고 했더니 옆구리를 찔렸다.

얼굴은 안 보이지만, 분명 짓궂게 웃고 있을 것이다.

"이러면 '안 보는' 거 맞죠?"

"맞습니다……."

"오늘은 아마네 군이 피해서 그런 거니까, 참아 주세요."

그렇게 말하면 도망칠 수가 없지만. 애초에 도망칠 생각도 없었다.

등에 확 퍼지는 온기와 가슴의 고동, 왠지 모르게 편해지는 마음을 느끼면서, 아마네는 자신의 다리를 받치고 팔을 괴었다.

"다음부터는 남들 앞에서 처음이니 뭐니 하지 마……. 반응하기 난처하니까."

그 말을 듣고서 깨달았는지 마히루는 몸을 떨고 뒤돌아서 아마네의 뒤에서 옷을 꽉 잡았다.

"그, 그런 뜻으로 말한 게 아니거든요?! 아니, 사실은 그렇지만. 저는 그런 의도로 말한 게 아니에요!"

"아, 알았으니까 더 말하지 마."

마히루가 타인을 가까이 들인 것이 처음임을 알기에 다시 본인의 입에서 들으니까 왠지 부끄러워졌다.

잘 생각해 보지 않아도 서로 처음 경험하는 일이 참 많았음을 이해했다.

적어도 아마네는 여자 손을 잡은 것이 어린 시절 어머니와 잡은 것 말고는 처음이었고, 포옹한 것도 마히루밖에 없다. 마히루도 비슷하겠지.

좋아하는 사람의 새로운 경험, 그 첫걸음을 뗀 상대가 자신이라는 사실은 기쁘기도 하고 부끄럽기도 하고, 참으로 영예로운 일이다.

바라건대 사랑도 처음이자 마지막 상대가 되었으면, 그렇게 생각하고 말았다.

수치심 탓에 이마로 추정되는 곳을 등에 대고 문지르는 마히루를 느끼면서, 아마네는 미래에도 마히루의 곁에 있었으면 좋겠다며 슬쩍 웃었다.

제4화

천사님과 시험공부

다음 날에는 원래 거리감으로 돌아와서, 걱정하던 치토세와 이츠키는 안도한 듯했다. 아무래도 태도가 이상한 것을 감지했던 듯하다.

어제 일은 잘 기억나지 않지만, 오늘은 마히루와 서먹서먹하지 않았다. 다소 의식하는 것은 있지만, 학교라서 겉으로 드러내지는 않았을 뿐이다.

마히루는 여전히 천사의 미소를 짓고서, 지금은 공부를 가르쳐 달라고 애원하는 같은 반 여자애들에게 둘러싸여 있었다.

다음 주에는 중간고사가 있어서 학년 제일의 재녀인 마히루가 교관으로 점찍힌 것이리라. 다만 마히루는 온화하게 미소를 짓는 와중에도 아주 조금 난처한 기색을 드러내고 있었다.

"시험공부를 하는 것은 상관없지만, 우리 집에서 하는 건 어렵겠네요……."

이러면 안 되는 걸 알면서도 대화를 엿들어 보니 아무래도 같이 공부하자고 하는 여자애들이 장소로 마히루의 집을 희망하는 듯하다. 필시 마히루가 사는 집을 구경하고 싶다는 호기심도 있으리라.

(그러면 곤란하겠지. 마히루는 경계심이 강하니까.)

물론 같은 반 아이들이니까 교류는 하지만, 이 여자애들은 치토세처럼 정말 친한 사이인 것도 아니다. 집에 들이기는 좀처럼 쉽지 않다.

아마네도 혹시라도 있을지 모르는 사고 때문에 집 근처에 오게 놔두고 싶지 않다. 자칫 들키기라도 하는 날에는 여자애들에게 질문 공세를 받고, 남자들에게 원한을 살게 불 보듯 뻔했다.

"아, 치사해. 나도 같이 공부할래."

"나도~."

그리고 이야기를 듣고 찾아온 다른 여자애들도 손을 들자 마히루는 딱 봐도 난처한 미소를 지었다. 누가 봐도 이렇게 많은 인원이 마히루의 집에 다 들어갈 리가 없다.

덤으로 남자들도 부러워하는 눈치로 보고 있다.

"저기…… 오늘 방과 후에 교실에서, 한두 시간 정도라면 괜찮아요."

타협안으로 넓은 교실에서 같이 공부하자고 했는데, 그래도 참가 희망은 그치지 않을 듯하다. 동아리 활동을 쉬는 시간이라서 더더욱 사람이 모이기 쉬울 것이다.

치솟는 환성을 듣고 마히루도 참 고생이 많겠다며 멀찍이서 구경했더니, 이상하게 활짝 웃는 이츠키가 아마네를 툭툭 건드렸다.

"너는 참가하지 않을 거야?"

"내가 참가해서 무슨 의미가 있다고? 시험 범위에서 모르는 게 있는 것도 아니고, 설령 모른다 해도 저렇게 사람이 많으면 한 사람마다 대응하는 시간이 줄어들겠지. 그걸 기다리느니 나 혼자 후다닥 자습하는 게 더 나아."

"그렇게 신랄한 구석을 좋아하지만, 이럴 때는 참가해야 한다고 보는데. 의욕을 위해서라도."

"공부는 평소 하는 거니까 의욕이 어쩌고 할 건……."

"너 말고. 저기 말이야."

반에서 절반이 넘게 참가할 듯한 공부 모임으로 발전하고 있는 마히루 쪽을 보니 역시 인원이 많아서 고생길이 훤해 보인다. 아는 사람이 있으면 편할 거라는 의미에서 보면, 아마네 자신이 참가할지 말지는 제쳐두더라도 같은 교실에 있는 게 좋을지도 모른다.

"딱히 배울 일이 없는데도 말이야……?"

"그렇다면 나를 가르쳐 주면 되잖아. 어차피 참가할 치이를 집까지 바래다줄 겸 기다리려고 했으니까. 겸사겸사 공부해서 손해 볼 일은 없겠지."

"남을 가르치는 건 그다지 자신이 없는데……."

"그야 말은 겁나게 차갑고, 하나하나 정성껏 가르쳐 주는 타입은 아니지. 그래도 외면해 버리거나 내팽개치지는 않잖아?"

확신하는 눈빛과 말투에 뭐라 할 말이 나오지 않는 아마네에게 실실 웃으면서 "너만 믿는다, 친구."라면서 어깨를 두드리는 이츠키. 아마네는 거절하는 것을 포기하고 고개를 끄덕였다.

평소에는 수업이 끝나고도 교실에 오래 남는 학생이 적을 테지만, 오늘은 정말로 드물게도 북적북적한 양상을 보였다.

청소하면서 잘 정렬했던 책상을 군데군데 그룹을 만들듯이 맞대고, 어느 정도 사이가 좋은 사람들끼리 뭉쳤다.

남자들도 참가한 듯, 처음에 마히루에게 부탁한 인원의 대략 여섯 배 규모가 되었다.

아마네는 마히루와 가장 멀리 떨어진 곳에서 이츠키와 마주 보고 앉았다.

"이거 왠지 내가 일대일로 봐주는 느낌인데……?"

"선생님! 잘 부탁합니다!"

"집에서 해도 상관없지 않아……?"

"치이를 기다리는 김에 공부도 하는 거야. 그리고 귀가 시간이 늦어지면 혼자 두기 싫어지잖아?"

의미심장하게 보는 이츠키에게 눈을 흘기지만, 이츠키는 그저 히죽 웃기만 했다.

치토세는 평소 되도록 날이 밝은 시간대에 귀가하려고 한다는데, 오늘은 공부 모임이 있어서 집에 가는 시간이 늦어진다. 본인도 안전 의식이 있고 방범 물품도 챙겨서 다닌다고 하지만, 역시 해가 저문 시간대에 혼자 집에 보내는 것은 좋지 않으리라.

그렇다고 해도 같은 반 아이들이 보는 앞에서 같이 귀가할 수는 없으니까, 거리를 슬쩍 두고 지키면서도 걷는 정도다.

"아마네 넌 남자가 늑대란 말을 모르지?"

"왜 그렇게 불건전한 인간이 되어야 하는데. 애초에 필요성을 모르고, 빈틈을 노리고 여자를 덮치려는 인간은 틀렸다고 봐."

"그런 성격으로 신뢰를 딴 거겠지. 뭐, 목적지가 같으니까 의미도 없어 보이지만. 애초에 덮칠 타이밍이 얼마든지 있을 것 같고."

"그럴 리가 있겠냐. 싫다고 울기라도 하면 자살하고 싶어질 걸."

한 번 마음을 허락하면 무방비해지는 마히루에게는 얼마든지 빈틈이 있지만, 그걸 노려서 뭘 어떻게 해 보려고 생각한 적은 없다. 오히려 너무 풀어졌다고 혼낼 정도다.

신뢰를 바탕으로 마음을 터놓고 있는 마히루에게 뭔가 저질렀다간 지금처럼 평화로운 관계가 바람직하지 못한 형태로 무너진다. 아마네는 마히루의 신뢰를 잃기 싫고, 인간의 양심을 버리기도 싫다.

소중히 여기겠다고 결심했으니까, 억지로 밀어붙일 수는 없다.

그 성격을 잘 아는 이츠키는 미묘하게 질린 기색으로 어깨를 으쓱하지만, 아마네는 일부러 무시하고 교과서의 시험 범위를 펼쳤다.

"자, 내 일은 신경 쓰지 말고 처음 목적을 달성하라고. 나는 몰라서 곤란한 곳이 없으니까, 네가 모르는 곳을 알려주지 않으면 아무것도 할 수 없어."

교과서를 손으로 탁탁 치고 보채는 아마네에게, 이츠키는 "잘 피하네?"라고 웃으면서 자신의 노트를 펼쳤다.

이츠키는 머리가 나쁜 게 아니다. 요령만 보면 머리가 좋은 편이다.

자신의 역량을 잘 알아서, 적은 노력으로 결과를 낼 줄 아는 인간이다. 다만 귀찮아하는 성격과 부모에게 반발하는 심리 때문에 조금 불성실할 뿐이라서, 근본적으로 따지고 보면 성실한 기질이 있다.

중학교 때는 우등생이었다고 하는데, 치토세와 교제할 때 소동이 있고 나서부터 반항기에 접어들었다는 듯하다.

"영어 문장은 진짜 의미를 모르겠어."

"단어를 외우는 것부터 시작하는 게 좋지 않을까……. 아무튼 시험에 무조건 나올 문법과 단어만큼은 외우는 게 좋아. 여기는 반드시 나오니까. 네가 잔 수업 중에 나온다고 했어."

수업을 땡땡이치는 일은 거의 없지만 잠기운에 굴하는 일이 많은 이츠키의 이마를 콕 찔렀다.

"아무튼 이번에도 노트를 복사해 줄게. 장문 독해는 지금부터 쑤셔 넣으려고 해도 한계가 있어. 그러니까 금방 어떻게 할 수는 없고. 그건 완벽하지 않아도 되니까 단어 문제와 객관식 문제만 틀리지 마. 객관식 문제라면 뭐든지 대체로 최소 2개로 선택지를 좁힐 수 있으니까 그중에서 확실하게 정답을 찾을 수 있으면 돼. 점수를 확실하게 따는 것에 중점을 두자. 너는 영어가 낙제점 근처지?"

"휴휴, 믿음직한걸. 다음에 보답으로 뒤에서 푸시해 줄게."

"그건 확실하게 필요 없는 일이고, 괜한 참견이야."

아마네는 마히루와의 관계를 천천히 발전시켜 나갈 작정이므로, 뒤에서 너무 밀면 오히려 그 자리에서 가만히 있고 싶어진다.

이츠키는 제안에 No 사인을 보내는 아마네를 어이없다는 눈으로 보지만, 아마네 자신은 의견을 바꿀 생각이 없다.

근본적인 문제로, 지금은 마히루의 곁에서 당당하게 있으려고 한창 노력하는 중이다. 마히루가 자신을 좋아하게 하기 위해서라도 걸음을 떼는 것보다 자기 연마를 우선하고 싶다.

이츠키는 뭔가 할 말이 있는 눈치였지만, 아마네가 무시하고 복사할 노트의 페이지를 헤아리는 것을 보고 포기한 듯 "너도 참."하고 말하고 샤프펜슬을 잡아 들었다.

그대로 공부 태세에 들어가려는 이츠키를 보고 다소 안심하면서, 아마네는 마히루가 있는 곳으로 슬쩍 시선을 돌렸다.

마히루는 평소와 똑같이 입가에 미소를 짓고 같은 반 아이들에게 친절하게 정성껏 가르쳐 주고 있다. 누구에게나 평등하게 웃어 주고 여기저기 가르쳐 주러 바쁘게 돌아다니는 모습을 멀리서 보면서 정말이지 학교의 천사님 포지션은 힘들겠다고 생각했다.

"이건 왜 답이 안 나와?"

"공식을 써."

"썼는데도 안 나온다고."

치토세가 있는 그룹은 화기애애하게 대화하면서 공부하거나 다른 사람에게 가르쳐 주면서 활기가 넘치는데, 다른 그룹에 있는 남자들은 끙끙 앓는 모양이었다.

마히루도 모두를 챙겨 줄 수는 없고, 배우는 인간의 이해력에 따라서는 시간도 오래 걸린다. 게다가 목소리가 큰 곳에 마히루가 불려가다 보니까, 이렇게 자기주장이 강하지 않은 아이들은 가르쳐 주려고 해도 다른 데 끌려가는 통에 어쩔 도리가 없을 것이다.

이걸 어쩔까 싶어서 잠시 고민한 뒤, 아마네는 이츠키에게 잠시 양해를 구한 다음 자리에서 일어섰다.

그대로 미간에 주름을 잡고 끙끙대는 반 아이에게 다가가서 어디서 막혔는지 참고서와 계산식을 눈으로 확인한 다음, 슬며시 노트에 손을 댔다.

갑자기 아마네가 끼어들어서 놀란 듯 쳐다보는 같은 반 아이에게, 아마네는 일부러 시선을 피하면서 문제를 푸는 법을 전했다.

이때는 단순히 답을 찾는 데 쓴 공식이 잘못됐다는 이유라서, 막힌 부분의 의문만 해소하면 쉽게 풀리는 문제였다.

갑자기 끼어들었는데도 순순히 문제를 풀어 준 것에 안심했더니, 연신 눈을 깜빡이는 맞은편 자리의 남자와 눈이 마주쳤다.

"시이나가 아니라서 미안하지만, 저쪽은 바쁘고 여유가 없어 보여서 말이야. 괜히 참견했다면 미안해."

"아니야. 고마운데…… 후지미야가 올 줄은 몰랐어."

"뭘. 곤란해 보였으니까."

자신이 얼마나 무뚝뚝하고 음침한 인간으로 보였는지 모르겠다고 자조하고 싶어졌지만, 실제로 무뚝뚝하고 음침한 건 사실이니까 부정할 수 없다.

쓴웃음을 짓고 자리로 돌아가려고 했을 때, 맞은편에 앉은 반 아이가 "여기는 어떻게 풀어?"라고 풀리지 않는 문제를 짚어서, 온 김에 푸는 방법을 알려줬다.

그러자 그 그룹 안에서 서로 눈치를 보더니, 어째서인지 이츠키를 봤다.

"저기, 이츠키. 후지미야 빌려도 돼?"

"어~? 내 거지만 하는 수 없지."

"언제부터 네 거였다고."

징그러운 소리를 듣고 슬쩍 토하는 흉내를 낸 아마네는 이츠키가 후다닥 책상 두 개를 이 그룹에 붙이는 것을 보고 행동이 참 빠르다며 혀를 찼다.

딱히 상관없지만, 본인의 허가는 받았으면 좋겠다.

한숨을 쉬고 그룹에 합병된 자신의 자리로 돌아가는 김에 이츠키의 책상 아래를 살짝 걷어찼다.

"미리 말하겠지만, 나도 잘 가르치는 건 아니야."

"뭘. 그래도 고마워. 천사님은 저쪽에서 바빠 보이니까."

"우리도 갑자기 참가했으니까. 시이나 혼자선 다 처리할 수 없겠지."

마히루가 가르치는 그룹을 부러워하듯 보지만, 질투하는 시선은 없다. 단순히 아쉬워하는 것이다.

"우리도 재밌을 것 같아서 끼어든 거고, 시이나가 가르쳐 주

면 땡잡았다고 생각한 거니까 후지미야가 도와준다면 그걸로
됐어."

"군이 욕심을 말하자면 천사님이 더 귀여워서 기쁠 테지만."

"남자한테 귀여움을 바라지 마. 자, 어디를 모르겠어?"

귀여운 구석이 하나도 없음을 자부하는 아마네로서는 마히루
대신 귀여움을 요구받아도 쓴웃음만 나오지만, 남자로서 이들
이 하고 싶은 말은 이해한다.

무뚝뚝한 남자보다 싹싹하고 귀엽고 똑똑한 여자애인 마히루
에게 배우는 것이 훨씬 행복할 것 같다.

마히루가 더 좋다는 것은 당연한 사실이라서 어깨를 으쓱한
다음, 각자 막힌 부분이 어딘지 물어보고 설명해 나갔다.

다행히 아마네가 설명할 수 없는 의문점은 없었고, 이 그룹 남
자들도 성실하게 공부하고 있는 덕분에 이해하는 속도가 그럭
저럭 빨랐다.

이츠키까지 합쳐서 네 사람의 질문에 답하거나 시범으로 문제
를 풀어 주거나 하는데, 넷으로도 이만큼 힘든 걸 생각하면 마
히루는 더 고생이 많으리라.

그렇게 생각하고 마히루가 있는 곳을 찾아보니 옆 그룹의 질
문에 응답하고 있었다.

공부와 관계된 질문이 하나도 없었지만.

"좋아하는 남자의 타입…… 말인가요?"

잘 모르겠다는 듯이 말을 되새기는 마히루에게, 여자애들이
흥미진진한 시선을 보내고 있다.

소문의 그 남자에 관해 완고하게 대답하지 않는 마히루에게 질문 수단을 바꾼 듯, 간접적으로 어떤 사람인지 캐내려는 것이리라. 마히루도 그 남자가 연인이라거나 좋아하는 사람이라거나 하는 식으로 확실하게 말한 건 아니지만, 역시나 좋아하는 사람으로 여기는 듯하다.

큰 소리로 물어본 것도 아닌데 주위에는 다 들렸는지, 이 교실에 있는 모든 학생이 문제를 풀면서 귀를 기울이고 있다.

"말하자면…… 절대적인 조건으로는, 자상하고 성실한 사람일까요. 불성실한 사람은 좋아하지 않아요."

"얼굴 취향은?"

"내면을 중시하니까 외모는 심하게 안 따지지만, 청결한 느낌이 나는 사람이 좋아요."

부드러운 미소와 눈빛으로 말하는 것은 남자 취향보다는 인간적인 취향 같아서, 말을 얼버무리는 것처럼 들리고 만다.

사실상 결론이 뻔한 이야기라고 질문한 여자애도 느낀 듯 아쉬운 눈치로 마히루를 봐서, 마히루는 평소의 미소에 조금 씁쓸한 기색을 내비치고 있었다.

"그것 말고 중요한 거라면, 가치관이 맞는 사람……일까요."

"가치관? 취미가 아니라?"

"네, 가치관이에요. 완벽하게 일치하는 걸 바라지는 않으니까 딱 맞지 않아도 되지만요. 맞지 않더라도 서로의 가치관을 존중할 줄 아는 사람을 선호해요. 자기 뜻을 억지로 밀어붙이려고 들지 않고, 상대의 뜻을 억지로 굽히려고 하지 않고, 상대의 생각을 소중하게 생각할 줄 아는 사람이 좋아요. 같은 시야를 가지는 것이 가장 좋겠지만, 그렇지 않아도 상대가 보는 것을 부정하지 않고 옆에서 받아들여 주는, 그런 사람이 좋아요."

그렇게 마무리하고 온화하게 미소를 지은 마히루는 아주 잠깐 아마네를 슬쩍 봤다.

무심코 시선을 피하고 말았지만, 마히루는 표정을 바꾸지 않고 질문한 여자애에게 시선을 돌렸다.

아마네도 자꾸 쳐다본다고 주변에서 인식하면 곤란하니까 자신의 노트에 눈길을 줬는데, 그 모습을 관찰하고 있었는지 옆자리에서 이츠키가 피식 웃었다.

"다들, 잘 들었어?"

이츠키는 모두가 문제를 풀다가 멈춘 것을 지켜본 듯하다. 같이 공부하던 반 아이들도 흠칫 놀라서 이를 얼버무리듯 시선을 내렸다.

아마네는 아무 일도 없었던 것처럼 노트를 넘기고 포스트잇을 붙이면서, '가치관이 맞는 사람'이라는 말을 되새기고 있었다.

마히루는 가벼운 마음으로 교제하는 것을 용납하지 않는 성격이다. 오래 사귀고, 결혼을 전제로 생각하는 걸지도 모른다. 그래서 곁에 있어도 불편하지 않은 사람을 조건으로 내세운 것이리라.

"천사님은 사고방식도 어른스럽네."

"뭐, 시이나가 하는 말도 일리가 있다고 보지만."

반 아이들의 감상에 무심코 중얼거리자 시선이 모여서, 아마네는 쓴웃음을 지었다.

"가치관이 안 맞는 사람과 사는 건 힘들 테니까, 함께 있으면서 마음이 편한 사람 곁에 있고 싶겠지. 가령 가치관이 다른 상대에게 맞추려고 해도, 얼마 못 가서 삐걱거리다가 관계가 틀어질 테고. 나라면 처음부터 대상에서 제외하는 게 합리적이라고 결론을 내릴 거야."

곁에 있는 사람이 자신과 다른 것도 허용하지 못한다면 더더욱 그렇다. 사이가 가까워져도 둘 중 하나가 참다가 끝내는 파탄이 날 게 뻔하니까, 처음부터 대상으로 생각하지 않는 게 좋다.

"너도 참 신랄하구나. 그러는 후지미야의 여자 취향을 전혀 상상할 수 없는데……."

"그냥 착한 사람이 좋아."

"진짜 대충 말하는 것처럼 들리는데. 더 바라는 건 없어?"

"더 바라는 거라고 해도 말이지. 마음이 잘 맞고, 자상하고 양식이 있는 여자가 좋을 것 같은데……."

"그건 누구나 좋아할 사람이잖아."

"말이 많네. 불만 있어?"

"불만은 없는데, 너무 일반론 같아서."

"그렇다면…… 반한 사람이 취향인 걸로 하자. 좋아하는 사람이 그때의 취향인 거지."

너무 구체적으로 대면 좋아하는 사람이 누군지 떠드는 꼴이니까 되도록 범위를 넓혀서 얼버무리자, 뒤에서 키득 웃는 듯한 숨소리가 들렸다.

"생각지도 못하게 귀여운 말을 하네요."

귀에 익은 목소리에 몸이 살짝 굳는다.

왜 여기 있냐고, 혹시 내가 한 말을 들었냐고 물어보고 싶었다. 하지만 마히루가 여기 오는 것은 딱히 이상할 게 아니고, 가까이 있으면 당연히 들릴 테니까 말을 도로 삼켰다.

의식한 것을 들키지 않게 표정을 죽이고 마히루를 보지 않은 채로 "거참 미안하게 됐군."이라고 대꾸했다.

모두의 천사님을 차갑게 대하면 인상이 나빠질 것 같지만, 애초에 아마네는 평소 무뚝뚝하니까 이쪽을 보는 같은 반 아이들도 딱히 놀라는 반응을 보이진 않았다.

"시이나 양."

"늦어져서 미안해요. 이쪽 자리에는 별로 안 와서 부끄럽지만…… 모르는 부분은 없나요?"

저쪽 일이 얼추 끝나서 이쪽 상황을 보러 온 듯, 미안한 투로 눈치를 보고 있다. 의도해서 아마네의 옆에 선 건지는 모르겠지만, 심장에 해롭다.

같은 그룹에 있던 남자들은 서로 얼굴을 살핀 뒤, 마찬가지로 표정에 미안한 기색을 드러냈다.

"아, 괜찮아. 후지미야가 가르쳐 줬거든. 우리도 갑자기 참가해서 미안해."

"아뇨. 애초에 제가 감당할 인원을 파악하지 못하고 참가자를 늘린 게 원인이니까요. 저도 미흡했어요. 하지만 후지미야 씨가 가르쳐 줘서 안심했어요."

악의는 하나도 없이 "후지미야 씨는 공부를 잘하니까요."라고 웃으면서 말하는 바람에 영 찜찜했지만, 내색하지 않고 "칭찬해 줘서 고마운걸."하고 대꾸했다.

그 뒤로 곧바로 야유로 들리지 않았을까 싶어서 시무룩한 기색으로 마히루를 봤는데, 마히루는 다 안다는 듯이 자애로운 눈으로 아마네의 시선을 맞이했다.

"후지미야 씨는 다른 사람을 잘 챙기고, 공부도 잘 가르치는군요."

"내가 남을 잘 챙겨? 대체 뭘 보고……."

"지금도 그렇고, 치토세 양과 아카자와 씨를 챙기는 걸 보면 금방 알 수 있어요. 무뚝뚝한 것 같으면서도 잘 지켜보고 있잖아요? 상대가 곤란해할 때는 금방 도와주려고 하고요."

온화하게 웃으면서 "잘 보면 금방 알아요."라고 말하자 자연스럽게 입술에 입이 들어갔다.

마히루는 종종 아마네를 칭찬하려고 하는데, 이런 데서 잘 본다는 소리를 듣거나 칭찬받거나 하는 것은 예상하지 못해서 시선이 이리저리 헤매고 만다.

"부끄러워 죽으려고 하네."

"이츠키, 넌 입 다물고 있어. 대단한 일은 아니야. 평범한 거라고."

"그게 평범하다는 점이 대단한 건데요."

마히루가 싱긋 웃는 바람에 아마네는 더 버티지 못하고 고개를 홱 돌렸다.

그런 아마네를 이츠키가 책상 아래에서 뭔가 보채는 듯이 발끝으로 툭 쳤다.

공부 모임이 끝나고 얼마 안 되어서, 아마네는 비로소 무거웠던 어깨의 짐을 내린 것처럼 가볍게 몸을 풀었다.

마히루는 여전히 평소처럼 미소를 짓고 친한 사람만 아는 눈으로 다정하게 이쪽을 보질 않나, 그걸 보는 이츠키는 몰래 책상 아래에서 쿡쿡 찔러대질 않나, 같은 그룹에 있는 남자들도 아마네가 점차 익숙해졌는지 털털하게 대하질 않나. 좋든 나쁘든 피곤했다.

평범하게 대화할 사람을 새로이 구한 것은 좋은 일이지만, 역시 마히루가 있어서 미묘하게 어색했던 것도 사실이다.

같은 그룹 남자들도 공부 모임이 끝나면서 커피와 과자를 대가로 아마네에게 노트 복사를 부탁하고 하교했다.

볼일이 있거나 생각보다 진지했던 공부 모임에서 바라던 것을 찾지 못하고 도중에 나간 아이들도 있으니까, 이들은 제법 성실했던 거라고 속으로 감탄했다.

"기다리게 해서 미안해요. 도와줘서 고마워요."

마히루는 끝까지 남아서 교실 청소와 정리, 교무실에 열쇠를 반납하는 일을 맡았다. 다른 아이들이 같이 가자고 했지만, 주최자로서 뒷정리와 볼일이 있다는 이유로 사양하고 혼자 남으려는 것을 아마네가 만류했다.

같이 교실을 쓴 처지이고 마히루를 너무 늦게 내보냈다간 위험할 것 같아서 둘이서 했는데, 이럴 줄 알았으면 이츠키와 치토세도 붙잡아 둘 걸 그랬다고 진심으로 생각했다.

영문도 모를 이유로 신경을 써 주고 둘이서 먼저 귀가한 것에 살짝 원망하면서, 인기척이 없는 복도를 마히루와 둘이서 나란히 걷는다.

동아리 활동을 쉬는 기간이고 이미 해가 저무는 마당이라 교직원과 일부 학생만이 학교에 남아 있으리라. 학교에서 단둘이 있는 것은 별로 바람직하지 않지만, 이미 늦었다.

"아니, 오히려 내가 미안한걸. 방해한 걸지도 모르고."

"아뇨. 도움을 많이 받았어요. 저 혼자서는 다 처리할 수가 없었으니까요. 설마 그토록 늘어날 줄은…… 중간에 끼어든 분도 있어서, 예상을 넘어서 인원이 많아졌네요."

"천사님은 역시 굉장한걸."

"아이참……."

그 별명으로 부르지 말았으면 좋겠다는 시선을 받아서 모르는 척 그냥 흘렸다. 사람들 앞에서 자신을 칭찬한 복수로 쳤다.

"그래도 다행이에요. 다들 성실하게 임해 주어서."

"중간중간에 잡담도 있었지만, 생각했던 것보다 다들 진지했어. 나도 방심할 수는 없겠는걸."

"후지미야 씨는 항상 성실하게 공부하니까 말이죠. 이번 시험은 예전보다 힘을 쏟는 것 같은데요."

"뭐…… 여러모로, 노력해 보고 싶어서."

공부든 운동이든 최대한 노력해 보려고 한다. 지금은 이렇게 인기척이 뜸하고 일을 도와준다는 명목이 있어서 곁에 있지만, 아무런 이유가 없이 함께 있어도 손가락질받지 않기를 바라는 것이다.

아마네가 왜 노력하는지 그 진짜 이유를 모르는 마히루는 미소를 짓고 "참 기특하네요."라고 말하더니 마침 도착한 신발장 앞 현관에서 아마네를 돌아봤다.

"벌써 해가 저물었네요."

"그러게."

고개를 끄덕였을 때, 아마네는 마히루가 자신을 빤히 바라보고 있음을 깨달았다.

항상 남들에게 보여주는 미소가 아니다. 평소 둘이서 있을 때 보이는, 친근하게 아주 조금 기대가 섞인 웃음이다.

뭘 원하는 걸까 싶어서 몸을 굳혔는데, 예전에 한 이야기에서 왠지 모르게 마히루의 요구를 짐작하고 슬쩍 쓴웃음을 지었다.

"시간도 늦었으니까…… 바래다줄게."

아무래도 정답인 듯, 마히루가 백자 같은 볼을 아주 조금 장밋 빛으로 물들이고 호를 그리듯 입가를 희미하게 웃음을 띠었다.

"신경 써 줘서 고마워요. 참 친절하군요."

"놀리는 거야……? 지금 내가 말하게 시킨 거잖아."

"후후."

정말로 나지막하게 중얼거린 말도 마히루에겐 다 들렸는지 살갑게 눈웃음을 지었다.

그런 마히루를 보고 "이게 진짜."라고 투덜댄 다음, 신발을 갈아신고 현관을 나선다. 그 뒤를 마히루가 다소곳하게 따라와서, 아마네는 마히루의 걸음걸이에 맞춰 걷는 속도를 줄이고 들리라는 듯이 한숨을 쉬었다.

(아마도 다 알면서 그런 거겠지…….)

어찌 보면, 사실은 아마네가 원해서 말을 꺼냈다는 것을.

이런 시간까지 같이 남아서 기다린 것은 마히루를 혼자 두지 않고 바래다주려는 이유가 있었음을.

다만 단둘이 있으면 좋지 않으니까 뒤나 앞에서 걸을 작정이어서 함께 나란히 귀가할 생각은 없었지만, 그것도 내다보고 바래다주기를 재촉한 셈이니 아마네로선 마히루를 도저히 이길 수 없을 것 같다.

"시이나는 여자니까, 너무 늦게 다니지 마."

"친절하네요. 평소엔 조심해서 귀가하고 있고, 오늘은 후지미야 씨가 있으니까 걱정하지 않아요."

"그러하십니까…….."

어두워서 왠지 불안한 가로등의 불빛에 비친 마히루의 미소가 조명보다도 환해서, 아마네는 도망치듯이 눈을 돌렸다.

제5화

다 같이 시험공부

"후지미야, 안녕."

"안녕."

어제 공부 모임 덕분인지 함께했던 그룹의 남자들이 가볍게 인사해 주게 되었다. 여담이지만 어제 귀가한 뒤에도 마히루는 시종일관 기분이 좋은 눈치였다.

손을 슬쩍 흔들어서 대답하면서 자신의 자리에 짐을 내려놓자 먼저 학교에 온 이츠키와 유타가 싱글벙글 웃으며 다가왔다. 이츠키한테서 왠지 사악한 기운이 느껴지는 것은 기분 탓이 아니리라.

예상대로 이츠키의 웃음이 싱글벙글에서 히죽히죽으로 변했기에, 무심코 혀를 찰 뻔했다.

"어제는 어땠어?"

"딱히 아무 일도 없었는데. 네 얼굴이 징그러워."

"아, 후지미야는 공부 모임에 참가했지? 나는 볼일이 있어서 못 갔지만, 무슨 일 있었어?"

유타는 참가하지 않아서 이츠키가 히죽히죽 웃는 이유를 모르는 듯하다.

굳이 설명할 마음은 없는지라 질색과 짜증을 섞은 표정으로 이츠키를 보면서 어깨를 으쓱했다.

"별일 없었어. 그냥 유익한 공부 모임을 했을 뿐이야."

"너 말이야……. 내 배려를 뭐라고……."

"쓸데없는 오지랖이었거든? 확실하게."

이츠키가 먼저 사라지지 않았어도 바래다줄(실제로는 귀가하는 장소가 거의 일치하므로 같이 귀가한다는 표현이 맞지만) 작정이었지만, 이츠키와 치토세가 같이 있었으면 확실하게 마음도 더 편하고 다른 사람들 눈을 신경 쓸 일도 없었으리라.

"나는 보채지 않아도 천천히 갈 테니까 별로 상관없어."

"너무 답답하니까 밀어주는 건데……."

"시끄러워. 복사한 노트 안 줄 거다."

"윽. 이번에는 물러나 주마. 목숨을 건졌군."

"네가 말이지."

누가 봐도 시간이 촉박하고 여유가 없는 것은 시험이니까, 이츠키만 곤란할 뿐이다. 공부하지 않아도 그럭저럭 성적이 나오는 남자이긴 하지만, 취약 분야는 공부하지 않고선 무리라고 본인 입으로 말한 바 있다.

파일에서 복사한 노트를 건네자 "이걸로 이긴다."라고 기뻐했는데, 집에 가서 멀쩡하게 공부할지 의심스럽다.

덤으로 어제 부탁받은 것을 아까 인사한 남자들에게 주러 갔더니 머리를 조아리고 과자를 바쳐서, 어쩌다 보니 아마네의 짐이 더 늘었다.

"다른 사람을 잘 챙기네요."

과자를 안고 돌아온 모습을 본 이츠키가 어제 들은 마히루의 평가를 그대로 주절대는 바람에, 아마네는 뺨을 실룩이면서 "공짜도 아니고, 너한테 줄 걸 복사하는 김에 같이 한 거야."라고 대꾸했다.

유타는 여전히 웃으면서 지켜보고 있는데, 문득 조금 아쉬운 듯이 눈썹이 처졌다.

"나도 어제 참가할 걸 그랬어. 왠지 즐거워 보이니까. 다 같이 공부하고 싶었는데."

"즐거운 건 나를 놀린 이츠키였지, 놀림당한 나는 즐겁지 않았지만."

"자꾸 그런 소릴 하네."

"워워. 이츠키도 사랑이 있어서 놀리는 거야. 분명. 아마도."

"왜 나를 의심하는 건데?"

"너무 놀려서 가끔 기분을 상하게 하니까, 그게 정말 사랑인지 고민되는걸. 적당히 해. 후지미야는 시간이 지나면 용서하겠지만, 넘어서는 안 될 선을 잘 봐야지."

"괜찮아. 그 정도는 잘 보고 하니까."

"이 자식, 짜증 나네."

이츠키도 정말로 화가 날 정도로, 아마네가 불쾌하게 느낄 만큼 놀리는 일은 없다. 다소 짜증이 나기는 해도 불쾌할 수준은 아니다. 기껏해야 울컥한 아마네가 가볍게 찰싹 때리는 선에서 그치고 있고, 이츠키도 좀 맞았다고 불만을 토하진 않으니까 정말로 알기는 하는 거겠지.

그런 눈치가 장점이면서, 반대로 짜증을 유발하는 점이기도 하지만.

"참아. 이츠키가 조금 지긋지긋한 것은 원래 그런 거니까."

"은근슬쩍 말이 심한데, 유타. 너, 쓴소리 캐릭터였어?"

"요새는 이츠키한테 그래도 되지 않을까 생각해."

"너무해! 강력하게 항의하겠어!"

"아하하."

웃어서 넘어가는 유타에게 이츠키는 노골적으로 분개한 태도를 보이지만, 척 봐도 정말로 화내는 것은 아니다. 이츠키도 놀림받을 때가 있으니까 아마네도 속이 풀린다는 것을, 알게 모르게 행동으로 보여주고 있다.

이런 구석까지 합쳐서 미워할 수가 없으니까, 아마네도 슬며시 쓴웃음을 지었다.

"그래서 말이야. 이츠키는 일단 무시하고."

"무시하지 마."

"이츠키가 입을 열면 이야기를 진행할 수 없으니까 잠시 조용히 있어. 나도 너희랑 공부하고 싶거든. 토일 중에서 하루 같이 공부하지 않을래?"

순순히 유명 토끼 캐릭터처럼 입을 꼭 다문 이츠키를 무시하면서 "안 될까?"라고 물어보는 유타에게, 아마네는 딱히 볼일도 없고 유타라면 그냥 공부 모임이 될 것 같다는 생각에 고개를 끄덕이려다가 멈췄다.

아마네 자신은 딱히 아무런 문제도 없지만, '어디서?' 라는 의문이 떠올렸다.

"참고로 묻겠는데, 어디서 하게……?"

"아, 나는 안 돼. 부모님이 다 있으니까 정신이 사납다고 할까, 분위기가 거북할걸."

이츠키는 대수롭지 않게 말하지만, 현재 부모 자식의 사이가 나쁘다는 사실에 아마네는 속이 답답했다.

"우리 집에서 해도 딱히 상관없긴 한데, 누나들이 자꾸 방해해서 공부하기는 좋지 않을걸."

"누나가 있어?"

"응. 둘 있어. 조금 귀찮게 군다고 할까, 기가 센 사람들이라서 아마도 후지미야는 버거울 거야."

유타가 그렇게 말한다면 겸손이 아니라 정말로 그런 누나들인 거겠지. 굳이 말하자면 아마네가 꺼리는 타입의 여자들 분위기가 느껴져서, 가능하다면 사양하고 싶다.

그렇다면 형편이 좋은 곳은 아마네의 집이다.

이츠키는 평소 들이는 일이 많고 유타도 부르는 것 자체는 상관없지만, 그 집은 아마네 혼자 지내는 곳이 아니다.

마히루가 항상 아마네의 집에서 머무는 것은 아니지만, 친절하게 밥을 차리러 오거나 같이 공부하거나 하므로 집에 있을 확률이 높다.

아무리 그래도 허가를 받지 않고 손님을 들이는 것은 아닌 듯해서 모호하게 웃었다.

"잠깐 다른 사람에게도 물어봐도 될까?"

"아, 그랬지. 막 쳐들어갈 순 없으니까."

"사랑의 보금자리니까 말이지."

"넌 진짜 입 좀 다물어."

다른 사람이 들으면 어쩌려고 그러냐고 째려봤지만, 이츠키도 신경을 써서 목소리를 낮췄기 때문에 자신들을 보는 반 아이들은 없는 듯했다.

거참 못 말리겠다고 한숨을 쉬면서, 지금은 교실에 없는 마히루를 떠올리고 눈을 내리떴다.

"저기, 마히루. 내일 이츠키랑 카도와키가 우리 집에서 같이 공부하고 싶다는데, 그래도 될까?"

저녁 식사 후, 같이 싱크대로 그릇을 챙겨 가면서 마찬가지로 식기를 옮기는 마히루에게 물어봤다.

이츠키의 사정에 맞춰 기왕이면 내일 하자는 이야기가 나와서 결국 아슬아슬하게 직전에 물어보게 되는 바람에 왠지 미안했지만, 마히루는 한 번 눈을 크게 깜빡이기만 하고 부드러운 눈빛을 보였다.

"딱히 상관없어요. 여러분 식사도 챙기면 될까요?"

"아니, 그러면 미안한데…… 그래도 그렇게 해 주면 고마워. 괜찮겠어……?"

"양만 늘어나는 거니까 상관없어요."

대수롭지 않게 말하지만, 그것만으로도 수고가 늘어나리란 것은 쉬이 상상할 수 있다. 자기 일도 처리해야 할 텐데도, 아마네의 예정에 맞춰 주는 마히루가 정말로 고마울 따름이다.

"혹시나 해서 묻는 건데요. 저도 동석해도 되나요?"

"너만 괜찮다면 걔들도 괜찮대. 치토세도 부를까? 뭐, 시간이 날지 어떨지는 모르고, 걔가 주말에도 성실하게 공부할지는 의문이지만. 그냥 내버려 두는 것도 조금 불안하려나."

치토세는 별로 성실하지 않다. 공부를 못 하는 것은 아니지만, 딱히 머리가 좋다고 할 수 없는 수준이다.

어제는 공부 모임에 참가했지만, 진척은 별로 없었는지 맥없이 '시험 망한 것 같아.' 라고 말했었다.

"걱정할 것 없어요. 애초에 이미 불렀는걸요."

"어?"

"그게 말이죠. 이번 시험에서 점수가 잘 나오지 않으면 아버지에게 혼날 거라고 해서, 마침 오늘 치토세 양과 토요일에 같이 공부하기로 약속했어요."

"그쯤 되면 치토세도 노린 거 아니야?"

이츠키가 공부 모임 이야기를 치토세한테 한 것 같지만, 확증은 없다. 다만 이츠키를 통해 정보가 흘러나간 확신은 있으니까 '그 자식도 참.' 하고 쓴웃음이 나왔다.

그걸 처음부터 말하라고 생각하면서 기름때가 묻은 그릇을 뜨거운 물로 싹 헹구고 설거지를 시작하니 마히루도 살포시 웃고 남아서 식힌 반찬을 밀폐용기에 담시 시작했다.

"의도했든 안 했든, 시끌벅적한 공부 모임이 될 것 같네요."

"마히루 넌 조용하지 않아도 되겠어?"

"저는 괜찮아요. 게다가 평소에도 공부하니까 별로 조급하지도 않고요."

마히루가 평소 노력을 게을리하지 않으니까 이토록 여유롭게 말하는 것임을 잘 알기에, 딱히 아무런 느낌도 들지 않았다.

어떻게 그토록 효율적으로 공부할 수 있는지는 궁금하지만.

"저기, 마히루. 나중에 네가 필기한 노트를 봐도 될까?"

"괜찮아요. 그런데 아마네 군의 노트도 참 깔끔했는걸요. 인기도 많았고요."

"노트가 말이지. 뭐, 그럭저럭 내용을 잘 정리하니까. 그래도 학년 1등의 노트는 어떨지 궁금해."

"기대할 정도는 아니에요."

마히루는 키득 웃고 냉장고에 남은 반찬을 넣었다.

냉장고에 들어간 저녁밥은 내일 아마네의 아침밥이 되므로, 설거지를 하면서 속으로 마히루에게 절을 올렸다. 저녁밥만이 아니라 아침밥도 마히루가 손수 만든 것을 먹을 수 있어서 매일 알차고 건강한 식생활을 보내고 있다는 자신이 있었다.

"아마네 군, 이번 시험에는 정말로 힘을 쏟으려는 의욕이 넘치네요."

"뭐 그렇지. 여러모로 자신감을 키우고 싶고, 기왕이면 최선을 다해 보려고 해. 한 자릿수 등수가 나오면 좋을 것 같아."

"그런가요. 그렇다면 조금만 더 의욕이 나게 해 줄까요?"

"의욕을?"

"아마네 군이 10등 안에 들면, 뭐든 원하는 걸 해 줄게요."

"뭐……?"

한순간 무슨 소리를 하는지 이해하지 못해서 경직하는 바람에 하마터면 손에 있는 그릇을 싱크대에 떨어뜨릴 뻔했다.

마히루가 아끼는 그릇을 깨뜨릴 뻔했다는 사실에 정신을 번쩍 차리고 심호흡했다.

다음으로 옆을 힐끗 보니 여전히 여유롭게 웃는 마히루가 밀폐용기 뚜껑을 닫고 있었다.

"예전에 부탁하면 기본적으로 뭐든 하겠다고 말했지만요. 이번에는 꼭 상을 챙겨 주려고요. 아마네 군이 평소 잘 부탁하지 않는 소원이라도 들어줄 건데요?"

"여자가 그런 말을 함부로 하면 못써……."

"어머, 아마네 군은 위험한 소원을 말하려고요?"

그러지 못한다는 것을 잘 알면서 놀리듯이 물어보며 고개를 갸우뚱하는 마히루를 보고 아마네의 미간에 주름이 지는 건 당연하리라.

아마네의 소원은 별로 위험하지 않다고 예상한 듯하다.

슬그머니 마히루에게 시선을 주자 재밌다는 듯이 웃고 아마네의 옆에 딱 섰다. 왠지 기대하는 기색이 은근슬쩍 보이는 것은 진짜일까, 아니면 기분 탓일까.

"만약 위험한 소원을 말하면…… 마히루 넌 어쩔 건데?"

"내용을 들어야 알겠지만, 아마네 군도 남자구나 하고 감탄하고서 들어줄게요."

마히루는 정말로 아마네의 소원을 들어줄 작정이리라. 물론 아마네가 억지로 몹쓸 짓을 할 리가 없다고 확신하기 때문이겠지만, 듣는 사람으로선 갈등하고 만다.

억지로 밀어붙이고 싶진 않지만, 좋아하는 여자애가 뭐든지 해 주겠다고 하면 여러모로 생각하고 만다. 실제로 입 밖에 낼 일은 없겠지만, 남자의 망상이 아주 조금 머릿속을 스친다.

마히루를 힐끗 보니, 본인은 얼마든지 말하라는 듯이 미소를 짓고 있다.

너무나도 순진무구해서, 자신의 추악함을 콕 집어내는 것만 같았다.

"그러면…… 예전에 해 준 무릎베개를."

가까스로 꾹 참은 아마네는 고민한 끝에 미묘하게 욕망이 섞인, 마히루가 자진해서 할 것 같으면서 아마네 자신은 평소 부탁하지 않을 만큼 적당한 소원을 입에 담았다.

그 편안함을 다시 한번 맛보고 싶어졌다. 이 정도는 괘씸한 소원이 아닐 거라고 이성의 통제가 느슨하게 풀린 탓도 있었다.

말한 직후에야 나도 참 뭘 부탁하는 거냐고 부끄러워져서 신음하려는 아마네 앞에서, 마히루는 여러 번 눈을 깜빡인 다음 아마네의 얼굴을 가만히 쳐다봤다.

그러고 나서 귀엽게 활짝 웃더니 "좋아요. 귀 청소도 덤으로 해 줄 테니까 마음껏 응석을 부려 주세요."라고, 아마네가 10등 안에 들어갈 것을 의심하지 않는 눈치로 가슴을 당당하게 폈다.

"안녕하세요. 들어갈게요."

시험 전 토요일. 약속한 대로 이츠키, 치토세, 유타 이렇게 세 사람은 10시경에 찾아와 한목소리로 인사하고 현관에서 복도로 들어왔다.

이들은 중학교 때 같은 통학구역인 것도 있어서 먼저 합류해서 온 듯하다. 애초에 유타가 아마네 집 위치를 모르니까 그렇지만, 단순히 사이좋다는 이유도 있으리라.

"응, 어서 와."

"마히룽은?"

"주방에서 점심에 쓸 걸 준비하고 있어."

마히루는 먼저 아마네의 집에 와서 점심 재료를 손질하고 있다. 아침 일찍 문을 연 슈퍼에 서둘러 재료를 사러 뛰어갔었으니까 점심 식사 걱정은 할 필요가 없다.

덧붙이자면, 오늘은 로스트비프를 만든다고 들었다. 만들어서 숙성시키면 점심에는 적당히 부드러운 것을 먹을 수 있으리라.

"완전히 자기 집이네……."

"조용히 해."

"이제는 직장 동료를 맞이하는 새색시 느낌도 나."

"자꾸 말하면 점심밥 안 준다."

"싫어-! 마히룽이 해 준 밥 먹을래-!"

이상한 소리나 하고 말이야. 투덜대면서 유타를 보니, 유타는 조금 넋이 나간 듯이 아마네를 보고 있었다.

"왜 그래?"

"아…… 시이나 양이 아주 자연스럽게 후지미야의 집에 있는 것 같아서."

"어쩔 수 없잖아. 매번 식사를 챙겨 주니까."

고개를 홱 돌리자 이츠키가 자기 입을 막고 웃는 게 보였는데, 그게 마치 어머니의 따스한 미소를 떠올리게 하는 바람에 성질이 뻗쳐 다리를 살짝 걸어차 주었다.

"다들 어서 오세요…… 어? 아카자와 씨는 왜 그래요?"

"신경 쓰지 마."

마히루가 봤을 때는 이유도 없이 잘 모를 웃음을 띤 이츠키를 걱정한 거겠지만, 이건 걱정해 줄 필요가 전혀 없으니까 신경을 껐으면 좋겠다.

아리송한 눈치를 보이면서도 신경을 쓸 일은 아니라고 판단한 듯한 마히루가 언제나 보여주는 미소를 짓고 "저는 조금 더 준비할 게 있으니까, 먼저 거실로 가세요."라며 앞치마를 펄럭이고 주방으로 돌아갔다.

그 뒷모습을 가만히 본 이츠키가 "역시 새댁 느낌이 철철 넘치네."라고 중얼거린다. 좌우지간 이번에는 등짝을 때려 주었다.

"자, 공부해요."

재료 준비를 마친 마히루가 아마네 옆에 앉았다. 왜 아마네 옆이냐 하면, 나머지 세 사람이 그렇게 획책했기 때문이다.

"네~."

"저기, 치토세 양은 어느 범위를 잘 모르겠나요?"

“전부.”

“저, 전부…….”

“치이는 수학을 하나도 못 하니까. 아슬아슬하게 낙제점만 피하고 있어.”

치토세는 공부가 전혀 꽝인 게 아니지만, 수학은 몹시 쥐약인 듯 매번 낙제점만 신기하게 잘 피하는 성적을 내고 있다.

전부라는 말을 듣고 마히루는 얼굴을 희미하게 굳혔지만, 실제로 못하는 거니까 어쩔 수 없다. 기초는 되니까 그나마 다행이리라.

“기본적으로 얘는 응용문제가 꽝이니까, 응용문제에 어떤 공식을 써야 하는지 가르쳐 주는 게 좋을 거야.”

“공식은 문제가 없는 건가요?”

“그렇지……?”

“아마도.”

전혀 괜찮아 보이지 않아서, 마히루는 그 부분부터 애써 줬으면 좋겠다. 치토세는 머리가 나쁜 게 아니라 공식 활용을 몰라서 풀지 못하는 게 맞기 때문에 그 부분만 잘 이해하면 그럭저럭 좋은 점수가 나올 것이다.

“이츠키는 공부 의욕을 내는 것부터 시작해야지.”

“하하하.”

“웃어 넘기려고 들지 마. 공부해.”

대체 뭘 위해서 공부 모임을 한다고 생각하는 걸까?

“유타, 아마네가 너무 빡세게 굴어.”

"이츠키 넌 이제 좀 성실하게 굴어."

상큼하게 미소를 짓는 유타에게 도움을 거부당한 이츠키가 어깨를 힘없이 축 늘어뜨렸다.

유타는 성실하게 노트를 펼치고 공부를 시작하고 있으니까, 이츠키와 치토세도 좀 본받으면 좋겠다.

여담이지만 유타는 이거다 할 정도로 힘든 과목이 없는 듯, 뭐든지 평균보다 잘하는 우수한 남자다.

아마네도 딱히 힘든 과목은 없으니까 이제는 암기와 응용력만 연마하면 된다.

치토세의 가정교사는 마히루에게 맡기고, 아마네는 자신이 공부할 용도로 준비한 세계사 교과서에 시선을 주었다.

식사를 마치고 아마네와 친구들은 공부를 다시 시작했는데, 결국 집중력이 떨어진 치토세가 간식 시간대에 "힘들어~."라며 드러누웠다.

"아마네~ 게임해도 돼?"

"노는 건 자유지만, 네 성적이 어떻게 되어도 난 몰라."

"아잉~ 잔인해."

"기분 전환으로 노는 건 좋지만, 넌 기본적으로 왕창 노니까 말이지. 너 혼자서 조절할 수 있다면 놀아."

아마네가 참고서에 실린 문제를 풀면서 "난 계속 공부할 거야."라고 대꾸하니 미묘하게 볼을 부풀린 치토세가 시야에 들어왔다.

원래 공부를 별로 좋아하지 않는 치토세라면 슬슬 질릴 거라고 예상했으므로, TV 선반에 둔 게임기에는 게임 소프트와 컨트롤러를 4인분 갖춰 두었다.

애초에 인간의 집중력은 계속 유지되지 않는 법이라, 숨을 돌릴 정도로 끝낼 수만 있다면 놀아도 좋다고 생각했다.

아마네는 한 시간마다 잠깐씩 쉬고 있어서 오래 휴식하지 않아도 문제가 없고, 공부 자체를 싫어하지 않으므로 의외로 오랫동안 계속할 수 있다.

"아마네가 차가워~."

"공부 모임이라는 명목으로 온 거잖아. 뭐, 놀아도 상관없어. 컨트롤러도 네 개 있으니까, 휴식하는 김에 해 보는 게 어때?"

"그렇게 말한다면 할래. 너무 숨 막히게 공부하면 안 되거든?"

"나는 중간에 쉬고 있어."

"공부벌레야? 그야 뭐, 아마네는 원래 성실했지만. 그러면 난 놀래~. 잇군도 같이 놀래?"

"그러면 좀 놀아 볼까. 너무 몰입할 정도론 하지 않겠지만."

이츠키도 두세 시간 연속으로 공부해서 지친 듯, 게임을 할 의사를 내비쳤다.

"유타도 할래?"

"나도 할까. 후지미야, 괜찮아?"

"응."

이츠키와 치토세보다 성실한 유타도 잠깐 휴식할 겸 게임에 흥미를 보여서, 아마네는 마음대로 하라는 태도를 보이고 다시 참고서로 눈길을 돌렸다.

덧붙이자면, 마히루는 옆에서 조용히 문제집을 풀고 있다. 집중력이 풀린 낌새도 없다.

"마히루는 같이 안 놀아?"

"저는 조금 더 공부할게요."

"그래."

아마네는 이번에 성실하게 공부하기로 맹세했으니까 중간에 그만두지 않는 건데, 마히루는 원래부터 이토록 근면하니까 감탄할 수밖에 없다.

노력을 게을리하지 않으니까 항상 1등을 지키는 거겠지만, 그만큼 노력하는 부분이 마히루의 장점이자 대단한 점이리라.

아마네는 이츠키, 치토세, 유타가 책상을 떠나 TV 앞에 진을 치는 것을 본 다음, 세 사람의 생각을 머릿속에서 몰아내고 샤프펜슬을 움직였다.

샤프심이 종이를 스치는 소리와 지우개를 문지르는 소리, 옆에서 마히루의 숨소리가 괜히 크게 들린다.

조금 떨어진 곳에서 신나게 노는 세 사람의 목소리가 어슴푸레 들리는 가운데, 교사들의 출제 성향을 떠올리면서 시험 문제로 나올 법한 것을 중점적으로 풀었다.

1학년 때부터 계속해서 같은 과목을 맡은 교사도 있는데, 그런 교사가 내는 시험은 의외로 마음이 편하다. 성격이나 수업에서 뭘 중요하게 보는지에 따라 어느 부분을 문제로 낼지 작년 한 해 동안 잘 파악했다.

올해부터 가르치는 교사들이 내는 문제는 이 시험과 쪽지 시험으로 출제 성향을 파악해 나갈 심산이다.

치토세한테도 일단 어느 선에서 나올 거라고 예상되는 것을 포함해서 가르쳐 주고 있다. 특정 범위만 파서 대박을 노리는 것에 가깝지만, 많이 벗어날 일은 없을 테니 중점적으로 학습하면 낙제점은 피할 수 있겠지.

"아마네 군, 드세요."

묵묵히 문제를 풀기만 했더니 어느새 옆에 있던 마히루가 일어서서 아마네 앞에 커피컵을 놓았다.

작은 각설탕 하나와 포션 밀크를 넣은 것으로 보이는 커피를 보니 표정이 풀어진다.

"평소처럼 마실 거죠?"

"응. 땡큐."

반년이나 곁에 있어서 그런지 서로 입맛의 기호를 잘 안다.

마침 마시고 싶어지던 차에 가져다준 마히루에게 감사하면서 컵 손잡이를 잡았을 때, 아마네는 커피 말고도 작은 접시가 있는 것을 깨달았다.

"이건 뭐야?"

"피낭시에라고 해요. 어제 구웠어요. 공부할 때는 당분이 필요할 것 같아서요."

작은 접시에 연한 갈색을 띤 한입 크기의 피낭시에가 놓여 있었다.

친절하게도 손이 더러워지지 않게 작은 픽을 꽂은 걸 보면, 공부하면서 간식으로 먹을 전제로 크기와 모양을 미리 잡은 것이리라.

게임을 하면서 놀고 있는 세 사람의 몫도 다 준비한 듯, 이쪽에는 3인분으로 조금 많게 넓은 접시에 담아 디저트용 픽을 같이 뒀다.

커피도 세 사람의 컵을 따로 준비했는지, 이쪽은 설탕과 우유를 자유롭게 챙기는 스타일로 설탕 스틱과 포션밀크가 쟁반에 같이 있었다.

"여러분도 드세요."

미소를 지으면서 세 사람에게 슬며시 다가가 TV 앞에 있는 작은 테이블에 쟁반을 올렸다.

"와~! 고마워, 마히룽!"

"우와, 간식이다. 딱 좋은 시간대네. 고마워, 시이나 양."

"뭘요."

간식이 나와서 기뻐하는 세 사람을 기쁜 눈치로 보면서 자리로 돌아오는 마히루를 본 아마네도 자연스럽게 입가에 미소가 번졌다.

"이거 왠지…… 너무 준비를 많이 시켰는걸."

"아뇨. 제가 하고 싶어서 한 거니까요. 공부하면서 틈틈이 한 거니까 숨을 돌리기 딱 좋아요."

"너도 참 지극정성이구나, 정말로."

"정성을 바치고 싶은 사람한테 하는 거니까요."

조용히 말하는 것을 듣자 목에서 뜨거운 게 울컥 올라오는 느낌이 들었다.

　그것이 밖에 나오기 전에 꾹 집어삼키려고 커피를 마셨지만, 커피가 달게 느껴져서 참을 수 없다. 설탕의 양은 평소와 똑같을 텐데도 몹시 달게 느껴진다.

　싫지는 않은 단맛과 마히루의 말에 어떻게 반응해야 좋을지 몰라서, 아마네는 자기 자신에게 얼버무리듯 참고서로 눈길을 돌릴 수밖에 없었다.

　결국 게임 대회는 오후 늦은 시간대까지 이어졌다.

　공부만 계속하면 집중력이 떨어지니까 중간부터는 공부를 잠시 접고 아마네도 참가했다. 물론 집중력이 떨어진 게 계속해서 자습만 한 탓은 아니지만.

　(정성을 바치고 싶은 사람에게 한다는 게 무슨 뜻인데.)

　마히루가 나지막하게 한 말이 머릿속을 빙빙 맴돌았다.

　원래부터 마히루가 남을 위해서 일하는 것을 좋아하는 사람임은 잘 알았지만, 그렇게 말하면 마치 아마네에게 호감이 있는 것처럼 들리지 않을까.

　그야 아마네는 마히루가 자신을 좋게 본다고 생각하지만, 남녀 관계의 의미는 아니라고 인식하고 있었다.

　그러나 그런 말을 들으면 좋아하는 남자라서 정성을 바치는 게 아닐까…… 하는 망상도 끓어오른다.

　(아니지. 인간적으로 봐서 내가 틀려먹었으니까 정성을 다한다고 할까, 돌보고 싶어지는 것도 이해는 되지만.)

오히려 그럴 가능성이 더 크다고 생각할 정도로 아마네는 집 안일을 못 한다. 아니지, 노력하면 사는 데 지장이 없을 정도로는 할 줄 알지만, 너무 마히루에게만 의지하고 있다.

챙겨 주고 싶다는 의미로 말한 건지, 아니면 좋아해서 돌보고 싶어진다는 건지, 과연 어느 쪽이 맞을까?

마히루를 좋아하는 아마네로선 후자를 기대하고 싶고, 가망이 없는 것은 아니라고도 생각하지만, 자신이 마히루가 좋아할 만한 남자인지 하는 자문자답이 시작되고 만다.

"아마네, 장외로 떨어졌어."

"어?"

게임 도중에 생각에 잠긴 탓에 조작을 실수해서 자신의 캐릭터를 추락시켰다. 남은 목숨이 없어서 부활하지 못하는 바람에 탈락하고 말았다.

이츠키, 치토세, 유타는 접전을 펼치고 있었다.

원래라면 유타의 실력이 어떤지 몰라도 시작하자마자 지는 일은 없을 것이다. 그만큼 마히루가 한 말에 신경을 집중한 것이리라.

"역시 공부하느라 집중력이 떨어진 거 아니야? 멍 때리고 있잖아."

"그럴지도 모르겠는데. 마히루, 다음에 할래?"

"아뇨. 저는 슬슬 저녁 준비를 해야 하니까요……."

시계를 힐끗 보는 마히루를 따라 눈을 돌리니 벌써 오후 7시가 다 됐다. 저녁 준비를 하기에는 조금 늦은 시간대이리라.

"아, 진짜네. 벌써 시간이 그렇게 됐구나……. 난 집에 가야겠는걸. 아무리 그래도 자고 갈 수는 없으니까."

"그러게. 치이는 시이나 양 집에서 자고 싶겠지만, 갈아입을 옷은 없겠지. 시이나 양한테 미리 허락을 받은 것도 아니고, 치이는 시이나 양과 옷 사이즈가 안 맞을 테니까."

"잇군. 어딜 보고 말하는 거야?"

"당연히 신장을 보고 말한 겁니다."

커플이 평소처럼 사이좋게 티격태격하는 것을 마히루가 웃으면서 지켜보고 있다.

"다음에 와서 자고 가세요."

"그래도 돼?"

"네. 미리 말해 준다면요."

"그렇다면 나도 덩달아 아마네 집에서……."

"밥이 목적인 것 같은데."

"들켰나."

능청스럽게 웃으면서 "시이나 양이 해 준 밥은 맛있으니까 말이지."라고 말하는 이츠키를 보고, 아마네는 한숨을 쉬고 "마히루가 허락하면 그래도 돼."라고 말했다.

평소보다 밥을 많이 해야 하는 사람은 마히루니까, 아마네 혼자서 결정할 수는 없다.

만약 허락을 못 받는다면 외식이나 편의점을 이용해야 하겠지만, 그것도 남자들끼리 먹고 자는 느낌이 나니까 나쁘진 않겠지.

마히루는 생긋 웃고 승낙했으니까, 조만간 자러 올 것 같은 예감이 든다.

"그때는 카도와키도 올래?"

"어? 그래도 돼?"

"당연히 되지."

"그러면 아마네의 등짝을 걷어차는 모임을 열자."

"야, 왜 멋대로 이상한 모임을 만드는 거야."

"글쎄? 왜일까?"

아마네가 히죽 웃는 이츠키를 보고 얼굴을 실룩이자, 유타는 잠시 멍하게 본 뒤 안심한 듯 웃음을 지었다.

"저기, 마히루…… 아까, 정성을 바치고 싶은 사람에게 하는 거라고 말했는데, 그게 무슨 뜻이야?"

다른 사람들이 떠난 뒤, 아마네는 그동안 마음에 걸렸던 것을 현관에 서서 물어봤다.

사실은 물어볼지 말지 고민했지만, 이츠키가 집을 나설 때 어쩌면 좋을까 말을 흘렸더니 '군소리 말고 물어봐.' 라며 걷어차였다.

물리적으로 걷어차라고 한 적은 없으니까 아마네도 복수해 줬지만, 이츠키는 전혀 질린 기색이 없었으니 의미가 없을 듯하다.

마히루는 아마네의 질문에 눈을 여러 번 깜빡인 다음, 천천히 입가에 미소를 지었다.

"무슨 뜻일 것 같아요?"

"생활을 도와주지 않으면 안 될 정도로 한심한 남자라서 눈을 뗄 수가 없다는 의미……?"

아무리 그래도 아마네를 좋아해서 그런다는 허황된 망언은 하지 않았다.

"후후, 그래요. 아마네 군한테서 눈을 떼는 게 무섭네요. 아마네 군은 제가 없으면 금방 타락할 거 같으니까요."

"뭐라 드릴 말이 없습니다."

실제로 아마네는 마히루에게 정말 도움을 많이 받고 있다. 마히루가 없으면 아마네는 이 생활을 유지할 수 없다.

"괜찮은데요? 저는 아마네 군을 보살피는 게 좋으니까."

"타락할 거야……. 마히루 없이는 살 수 없는 몸이 될 거라고……."

"후후."

마히루의 무서운 점을 들자면, 이미 마히루가 없으면 아마네의 생활과 정신 모두가 성립하지 못할 만큼 타락시켰다는 점이리라.

이런저런 의미로 마히루의 노예가 되어서, 벗어나기 어렵다. 그 이전에 벗어날 수가 없고, 벗어나기도 싫다. 물론 마히루를 좋아한다는 이유가 가장 크지만.

이런 상태로 고백해서 차이기라도 했다간 진짜로 정신과 생활이 전부 망가질 것 같다.

그러니까 진전이 없는 거라고 말로는 표현하지 않고 자조하는 아마네에게, 마히루는 무슨 생각인지 몸을 기댔다.

밀착하는 정도는 아니고, 아주 조금 닿는 수준. 아마네의 정면에서 다가와 고개를 들고── 검지로 아마네의 입술을 어루만졌다.

"얼마든지 타락시켜 줄 테니까, 안심하고 타락해 주세요."

눈을 희미하게 뜨고 짓궂게 웃는 마히루를, 아마네는 숨을 쉬는 것도 잊고 뚫어지게 봤다.

지금껏 본 적이 없을 만큼 부드럽고, 그러면서도 자극적인…… 왠지 모르게 요염한 느낌이 드는 웃음. 귀여운 악마라고 불러도 좋을 만큼, 본인의 말대로 인간을 타락시킬 듯한 그 미소는 아마네의 심장을 강타하고도 남았다.

몸속에서 심장이 날뛰고 혈액이 세차게 순환하는 것을 알 수 있다.

아름다운 천사 같은 미소와 당장 사라질 것처럼 가녀린 미소, 순수하게 웃는 얼굴과 함께 여러 표정으로 웃는 모습을 지금껏 보고 살았지만, 지금의 마히루만큼 요염하게 느낀 적은 없었다.

딱딱하게 굳은 아마네를 만족스럽게 지켜본 마히루가 "이제 밥을 차릴게요."라며 평소처럼 웃고 주방으로 가는 것을, 아마네는 타오를 것만 같은 얼굴로 그냥 배웅했다.

제6화 시험 전의 한때

　시험 전 일요일. 아마네는 자신의 방에서 묵묵히 공부하고 있었다.

　좋은 시험 결과를 남기려는 이유도 있지만, 무엇보다도 마히루의 생각을 머릿속에서 몰아내려는 이유가 더 크다.

　『얼마든지 타락시켜 줄 테니까, 안심하고 타락해 주세요.』

　귀여운 악마처럼 웃으면서 그런 말을 속삭이는 바람에 마히루의 생각으로 머릿속이 꽉 찰 것만 같기 때문이다.

　의식해서 그러는 건지 잘 모르겠지만, 마히루는 요새 아마네에게 파괴력이 강한 말을 한다. 당하는 아마네로선 기쁘기도, 버겁기도 하다.

　마히루의 의도를 모르는 만큼, 자신은 아무것도 할 수 없다.

　이런저런 이유로 골치를 썩이는 것을 몰아내려고 아침부터 공부에 열중했는데, 그 덕택인지 너무 집중해서 어느새 오후 2시가 지나 있었다.

　점심을 먹는 것도 잊고 계속해서 공부했는데도 눈치채지 못한 것은 집중이 낳은 성과겠지만, 이렇게 정신을 차리고 시계를 보니 갑자기 위장이 배고픔을 호소했다.

"점심이나 먹자……."

오래 앉아 있어서 뻣뻣해진 몸을 풀듯이 기지개를 쭉 켜고 의자에서 일어나 방을 나선다.

오늘은 마히루도 집에서 시험을 대비해 자습한다는 듯, 낮에는 아마네의 집에 올 일이 없다. 그러므로 점심은 아마네가 알아서 챙겨야 한다.

마히루가 집에 온 뒤로는 식생활이 너무 풍족해졌다고 생각하면서 주방으로 가서 냉장고 냉동실을 열었다.

급할 때 먹을 수 있게 양을 적게 나눈 쌀밥을 전자레인지에 돌려 해동하면서, 이번에는 마히루가 만들어 둔 밑반찬 몇 개를 작은 그릇에 나누어 담아 식사의 모양새와 영양을 확보한다.

(마히루 님 만만세네.)

혼자 살 때의 아마네라면 밑반찬을 만들어 두지도 않고, 점심은 편의점 또는 외식으로 때웠을 것이다.

지금은 집에 그럭저럭 먹을 게 있고, 아마네도 스스로 요리하는 것을 익혔다. 물론 마히루처럼 맛있고 보기에도 좋은 데다가 영양도 있는 식사는 아니지만, 그럭저럭 사람이 먹을 만한 것을 만들 수 있게 되었다.

마히루 선생님 덕택에 조금은 그럴싸해진 솜씨로, 아마네는 간단한 점심으로 볶음밥을 만들었다. 달걀과 베이컨만 넣어서 수수하지만, 마히루가 만들어 둔 반찬 덕택에 식탁 전체의 모양새는 풍성하게 보였다.

인스턴트 중화 수프를 곁들이면 간단하게 먹을 점심으로는 훌륭한 차림이 되었다.

쟁반에 올려서 다이닝 테이블로 가져가 혼자 점심을 먹는다.

"잘 먹겠습니다."

옛날이라면 생각하지도 못할 휴일 점심을 보고 슬쩍 쓴웃음을 짓고, 아마네는 손을 맞대고 나서 숟가락을 집었다.

입에 들어간 볶음밥은 마히루가 만든 것과 다르게 간을 진하게 했지만, 나쁘지는 않다. 남자 고등학생이 먹기에는 딱 좋게 짭짤하다.

(정말이지, 많이 변했는걸.)

식생활이 통째로 바뀌고, 아마네 자신도 여러모로 변했다. 이 런저런 의미로 타락했다.

평범하게 보면 오히려 예전보다 멀쩡한 인간이 된 것 같기도 하지만⋯⋯ 사람은 더 좋은 환경을 알면 좀처럼 그 맛을 잊을 수 없는 법이다.

마히루가 있는 생활에서 옛날 생활로 돌아가고 싶지 않다. 마 히루가 없으면 만족할 수 없다. 그런 의미에서는 정말로 인간적 으로 타락한 거겠지.

그리고 타락한 것은 생활만이 아니다. 굳이 따지자면 정신도 그렇다.

아버지 슈토에게 예전에 들은 적이 있는데, 후지미야 집안의 사람은 하나같이 일편단심이라고 한다. 오로지 한 사람만을 사 랑하고 소중히 여긴다고 말이다.

아마네한테도 그 피가 진하게 흐르는지, 마히루를 좋아한다고 깨달은 때부터 원래부터 관심이 없었던 다른 여자들이 더더욱 눈에 들어오지도 않게 되었고, 마히루를 소중히 여기고 행복하게 해 주고 싶다는 마음이 강하게 생겼다.

(마히루가 아니면…… 안 돼.)

마히루가 행복하다면, 마히루를 행복하게 해 줄 사람은 아마네 자신이 아니어도 된다. 마히루가 다른 사람을 좋아해서 그 사람을 선택한다면 아마네는 고민하지 않고 곁을 떠날 것이다.

마히루가 행복하게 웃어 준다면 그것이 아마네의 행복이라고 단언할 수 있었다.

그러나 아마네 자신이 행복하게 해 주고 싶다는 마음도, 양보하기 싫다는 마음도 강하다. 마히루와 멀어지고 싶지 않고, 자신만이 진짜 마히루를 알면 된다고 하는, 모순과도 같은 감정도 있었다.

다른 사람의 눈에는 그것이 집착으로 보일 수도 있다. 마히루가 없으면 안 된다고 생각하는 것도 남들에게는 말하지 못할 감정을 가슴속에 품었기 때문이리라.

마냥 깨끗하지는 않지만, 어떤 의미로 보면 순수한 마음. 솔직히 말해서 깊고 강한 사랑의 감정에 휘둘리고 있었다.

"더 적극적으로 행동할 수 있다면 고생도 안 할 텐데."

무심코 중얼거린 말이 자연스럽게 자조하는 느낌을 줘서, 아마네는 희미하게 웃었다.

16년 동안 살면서 처음으로 사랑에 빠진, 자신의 손으로 행복하게 해 주고 싶은 상대를, 어떻게 대하면 좋을지 모르겠다.

이 나이에 첫사랑을 경험한 적이 없다고 다른 사람이 알았다 간 웃음만 살 것이다.

자신이 겁이 많고 신중한 성격임을 잘 안다. 여자와 어떻게 가까워질 수 있는지도 모른다. 그런 성향이 마히루의 신뢰를 얻는 것으로 이어진 것이기도 하고, 애초에 쉽게 바꿀 수 있는 것도 아니지만, 조금만 더 적극적인 성격이 되고 싶다고 언제나 생각하는 것이다.

그렇기에 이처럼 열심히 공부하거나 운동에 열중함으로써 자신감을 키우려고 하는 건데.

슬쩍 쓴웃음을 흘리면서, 아마네는 남은 볶음밥을 한꺼번에 털어넣었다.

식사를 마치고 잠시 숨을 돌린 뒤 스트레칭으로 뭉친 근육을 풀면서, 아마네는 바람도 쐴 겸해서 가볍게 운동이나 하러 나가자고 결심하고 방에서 러닝웨어로 갈아입었다.

일단은 한동안 책상 앞에만 있었으니까 기분 전환 삼아서 몸을 움직이는 것도 나쁘지 않으리라.

다만 굳이 따지자면 체력이 별로 없어서, 나중에 공부할 여력을 남기지 않았다간 밤에 곯아떨어질 것 같다.

주의하자고 명심하면서 아마네가 현관을 나섰을 때, 마침 현관문을 열고 밖으로 나온 듯한 마히루와 딱 마주쳤다.

"아, 아마네 군. 운동하러 가게요?"

옷차림으로 봐서 운동하러 외출하는 것을 알아차린 듯 아주 조금 흐뭇한 눈으로 보는 마히루에게 순순히 고개를 끄덕였다.

물어본 마히루 본인도 밖에서 입을 차림새 같아서, 마침 외출하려던 참이었겠지.

한순간 어제 일을 떠올리고 신음할 뻔했지만, 조금은 차분해진 덕분에 눈에 띄게 허둥대지는 않았다.

"바람이나 쐬려고. 그러는 마히루 넌 장 보러 가는 거야?"

"네. 그러고 보니 달걀이 얼마 안 남았다는 게 생각나서요. 저녁에는 달걀말이를 만들까 해요. 내일은 시험이 있으니까, 아침밥으로 남겨 두면 아마네 군이 애쓸 기력에 보탬이 될까 싶어서……."

"진짜? 갑자기 기운이 나는걸."

"너무 타산적이네요."

입가에 손을 대고 조용히 웃는 소리를 내는 마히루에게, 아마네는 "어쩔 수 없잖아. 마히루가 만든 게 가장 맛있으니까."라고 대꾸하고 미묘하게 미간에 주름을 잡았다.

어디까지나 겉으로만 그러는 거고 사실은 불쾌한 게 아니라는 사실을 마히루도 이해하는지라, 손가락 사이로 보이는 마히루의 웃음이 한층 짙어졌다.

"아, 맞다. 아까 마지막 달걀을 쓰고 베이컨도 썼어. 그리고 냉동밥도 소비했는데."

"어머, 스스로 점심밥을 차린 건가요? 참 잘했어요."

"왠지 무시당한 거 같아……. 나도 네가 없을 때 가끔은 혼자 차리는 것 같은데."

아무리 그래도 마히루가 해 주는 요리에만 의지하면 양심에 찔려서 평소 간단한 조리 과정을 도와주고 있고, 마히루가 몸이 불편해 보일 때나 피곤할 때는 자진해서 아마네가 주방에 선다.

할 줄 아는 요리에는 한계가 있어서 예정했던 식단과는 거리가 멀어지지만, 모양새를 무시하면 마히루의 맛보다 떨어지기는 해도 그럭저럭 먹을 만한 것을 만들 수 있다.

그러니 요리를 좀 했다고 이토록 잘했다는 소리를 들을 이유는 없다.

"그건 알지만, 아마네 군은 혼자 있을 때 잘 챙기지 않잖아요? 혼자 있을 때는 귀찮으니까 간단히 완성되는 게 좋다면서 인스턴트 식품을 고를 사람인걸요, 아마네 군은."

"윽."

"재료와 아마네 군의 레퍼토리로 봤을 때 아마도 볶음밥 정도를 만들었을 거 같지만요. 그래도 잘 챙겨서 만들었으니까 잘한 거예요."

성격과 행동을 모두 간파당해서 차마 말하지 못하고 끙끙대는 아마네를 보고 더는 참지 못했는지 "후후후." 하고 소리를 내어 웃고 아마네의 머리에 손을 뻗었다.

바람을 솔솔 넣듯이 가볍게 머리를 쓰다듬으며 흐뭇하게 웃는 마히루를 보고, 아마네는 입술을 꼭 앙다물었다.

싫지 않고, 오히려 기쁘게 느끼는 만큼 정말이지 인간적으로 타락했다.

"슬슬 그만둬……. 이제 됐잖아."

© Hanekoto

"어머, 아쉽네요. 더 하고 싶었는데."

말은 그렇게 하면서도 시원스럽게 손을 떼고 온화하게 웃는 마히루 앞에서, 아마네는 입술이 미묘하게 웃는 쪽으로 기우는 것을 느끼면서 고개를 홱 돌렸다.

"달걀만 사러 가게……?"

마히루가 자꾸 귀엽게 대하지 않게 화제를 돌린다.

"글쎄요. 다른 저녁 재료는 다 있으니까 보충하는 걸 잊은 달걀과…… 그리고 우유 정도일까요? 금방 다녀올 예정이어서 근처 슈퍼에 가서 살까 했는데요."

"알았어. 그러면 내가 들어올 때 살게."

장을 보는 것 말고 아마네가 대신 살 수 없는 물건이나 마히루의 볼일이 따로 있다면 굳이 붙잡아 둘 필요가 없겠지만, 특별히 더 없다면 마히루가 굳이 외출해서 수고할 일도 없다.

어차피 아마네는 외출할 테니까 마히루는 집에서 자기가 원하는 일을 하는 게 좋다. 평소 저녁을 차려 주는 데다가 시간도 빼앗고 있으니 이 정도는 아마네가 하는 게 낫겠지.

"아, 하지만 아마네 군의 짐이 늘어나는데요."

"집에 올 때 들러서 살 테니까 괜찮아. 슈퍼가 멀리 있는 것도 아니고."

"도, 돈은."

"전자 결제로 할게. 잔액도 확인했어. 슈퍼에선 영수증도 주니까 식비 분담에는 문제가 없어."

달리 더 문제가 있을까? 아마네가 고개를 기울이자 이번에는 마히루가 입을 다물었다.

"아마네 군한테 미안한걸요……."

"내가 괜찮다고 했잖아. 어차피 밖에 나가는 김에 사는 거고."

복수하듯 머리를 슥슥 쓰다듬자 간지러운 듯 눈을 희미하게 뜬 마히루가 아마네를 쳐다봤다. 왠지 기뻐하는 눈치여서, 아마네는 자신이 잘못 건드린 게 아닌 듯하다는 생각에 안심했다.

"그러면 부탁할게요. 집에서 기다릴게요."

"누구 집에서?"

"누구 집일까요?"

생긋 웃으면서 고개를 갸웃한 마히루는 그대로 처음부터 챙긴 듯한 아마네의 집 여벌 열쇠를 써서 문을 열고 문틈으로 몸을 슥 집어넣었다.

그것이 명확한 대답임을 알린 마히루는 문틈으로 머리를 쏙 내밀고 고개를 들어 아마네에게 미소를 지었다.

"다녀오세요, 아마네 군."

"다녀올게……."

이제는 어디가 자기 집인지 모를 마히루 때문에 낯간지러운 느낌이 들면서 대꾸하자, 마히루는 더욱 환하게 미소를 지으며 아마네에게 손을 흔들었다.

가볍게 스트레칭을 하고서 근육을 푼 다음 한 시간 조금 뛰어서 조깅을 하고, 천천히 몸을 식히는 김에 슈퍼에 들러 장을 보고 귀가했다.

조깅 중에는 잡념도 없이 차분하게 운동할 수 있어서 그런지 조금은 마음이 정리됐다.

일단은 마히루의 발언에 일일이 반응하지 않을 만큼은 차분해 져서 안심하고 집에 돌아와 보니, 마히루가 작게 슬리퍼 소리를 내면서 맞이해 주었다.

"잘 다녀오셨어요. 일단 목욕물을 받아 뒀는데, 어쩌시겠어 요?"

아마네의 장바구니를 손에서 슬쩍 빼내면서 준비가 끝났음을 알려주니까, 아마네는 무심코 마히루를 빤히 보고 말았다.

이츠키와 유타가 자꾸 새댁 같다고 말하니까 정말로 그렇게 보인다. 마히루 본인은 그럴 의도가 없겠지만, 너무나도 지극 정성으로 챙겨 주니까 남이 보면 그럴 것도 같다는 생각에 왠지 쑥스러운 기분이 들었다.

"아마네 군……?"

"아, 아무것도 아니야. 감사하는 마음으로 목욕하고 올게."

어리둥절한 눈치로 보는 마히루에게 모호하게 웃고, 아마네 는 세면대에 들렀다가 입욕 준비를 하려고 자신의 방에 갔다.

평소처럼 실내복을 꺼내서 욕실로 가 보니 마히루가 선언한 대로 욕조에는 물이 가득해서 욕실 온도가 딱 좋았다.

준비성이 좋은 마히루가 있는 곳으로 잠시 머리를 조아린 뒤, 샤워로 땀을 씻어낸다.

평소 생활력이 떨어지고 만사가 귀찮은 아마네도 딱히 지저분 한 것을 좋아하는 것은 아니고, 목욕도 좋아하는 편이다.

몸과 머리에서 지저분한 것을 빠짐없이 씻어낸 뒤 욕조에 몸을 담그자 뇌와 몸의 피로가 모두 물에 녹는 착각이 들었다.

실제로 그럴 리는 없지만, 그럭저럭 피곤했는지 목욕물에 몸을 담그니 긴장이 풀리는 김에 피로도 녹아서 사라지는 것처럼 느끼는 것이리라.

너무 뜨겁지도 않고 딱 알맞게 따스한 목욕물에 몸을 담근 채, 아마네는 욕조에 몸을 기대고 슬며시 숨을 내쉬었다.

그리고 입욕제도 넣지 않은 목욕물을 통해서 자신의 몸을 보고 도로 한숨을 쉬었다.

"아직 갈 길이 머네……."

본격적으로 운동을 시작하고 얼마 되지도 않았으니까 당연한 거지만, 칼로리 소모가 적은 데다가 애초에 어지간해서는 살이 안 붙는 체질인 아마네는 전체적으로 몸이 호리호리하다.

다부지고 듬직한 남자와는 거리가 멀고, 체형만 보면 비실비실하다고 해도 과언이 아니겠지.

조금만 더 듬직해지고, 나아가 외모도 좀 다듬었으면 하는 생각이 들었다.

외모는 학교 아이들의 목격 정보가 있어서 밖에서는 섣불리 소문이 난 그 남자의 차림을 할 수 없지만, 얼굴색과 피부 상태 정도는 개선할 여지가 있다고 생각하고 있다.

평소 자신을 잘 관리하는 마히루는 이런 점에서도 아마네가 가소로울 정도로 신경을 쓰고 있겠지. 그렇게 생각하니 존경스러울 따름이다.

푸근한 온기와 피로 탓에 정신이 잠기운에 살짝 잠긴 상태로 생각하다가, 한숨을 쉬고 물속으로 몸을 푹 담갔다.

그 뒤로 위험하게도 욕조에서 몸을 숙이고 꾸벅꾸벅 졸던 차에, 목욕 시간이 너무 길어지는 것을 미심쩍게 여긴 마히루가 황급히 욕실 밖에서 깨우는 사태가 벌어졌다.

"저기요…… 위험하거든요?"

"정신줄을 놔서 죄송합니다."

조금 발그레해진 얼굴로 혼내는 바람에, 아마네는 그저 넙죽넙죽 사과할 수밖에 없었다.

볼이 발그스름한 것은 화가 나서 그런 건지, 아니면 잠시 상태를 확인하러 왔을 때 욕실 문을 살짝 열었다가 아마네의 상반신을 목격한 부끄러움 때문인지. 이유는 잘 모르겠지만, 아무튼 아마네를 걱정한 탓임은 확실하다.

사람이 물에 빠질 때는 30센티미터 수심에서도 쉽게 허우적댈 수 있으니까, 마히루가 화내는 것은 지당하다. 마히루는 헤엄칠 수 없는 만큼 더더욱 불안했던 듯하다.

일단 변명하자면, 의식은 희미하게 있었다.

완전히 잠든 것이 아니라 정말로 의식이 꿈나라에 발끝만 담근 수준이어서, 자세가 무너져서 욕조에 몸을 부딪쳤으면 틀림없이 정신이 번쩍 들었을 거라고 자신한다.

"왜 그토록 애쓰는 거예요……?"

실수했다고 후회하는 아마네에게, 마히루가 미심쩍게 물어보는 목소리가 들렸다.

그 목소리에는 불안이 섞여 있어서, 걱정하게 했다는 사실을 새삼스레 깨달았다.

"노력은 부정할 수 없지만, 관리가 안 된다면 조금은 노력을 줄여야 하지 않을까요?"

"옳은 말이야. 다음부터는 조심할게."

"아마네 군은, 왜 그토록."

"당당하게 있을…… 남자가 되고 싶으니까."

조금 화내면서도 눈썹을 축 내리고 슬퍼하는 마히루에게 쓴웃음을 지으면서, 아마네는 불안한 눈빛을 지우려는 듯이 머리를 쓰다듬었다.

다음에는 이런 실수를 보이지 않겠다고 맹세하면서.

"조금만 더 자신감을 키우고 싶으니까. 공부나, 운동이나, 그런 것부터 시작하고 싶어. 무리할 생각은 없었고, 이번에는 정말로 내가 잘못했어. 다음에는 내 역량을 잘 생각하고 노력할 거고, 마히루한테 걱정을 끼치지도 않게 할게."

"그렇게 서둘러야 하는 일인가요……?"

"서두를 일은 아닐지도 모르지만, 내가 노력하고 싶으니까. 나 자신이…… 자신감을 찾기 위해서."

어디까지나 자기 자신을 위해서 노력하고 있다고 말하는 아마네. 마히루는 그런 아마네의 눈을 가만히 응시하고는, 이어서 한숨을 쉬었다.

"단단히 결심했다는 건 잘 알겠어요. 그건 그렇고, 정말로 조심하세요. 안 그러면 저도 가슴이 철렁 내려앉거든요?"

"미안하대도."

"하지만 아마네 군은 그렇게 노력하는 구석에서 빛이 나니까, 그걸 제가 가리려고 해선 안 되겠죠. 지켜보긴 하겠지만, 방해하진 않으려고 할게요."

"오히려 마히루한테 도움을 받는 건데 말이지. 식사는 정말 고마워. 나는 너만큼 관리하지 못하니까 말이야."

"엄밀히 말하자면 노력은 아마네 군이 하는 거니까, 저는 그런 도움밖에 줄 수 없는 거지만요. 무리하지 않는 선에서 노력해 주세요."

"다음에는 걱정을 끼치지 않도록 할게."

다시는 목욕 중에 잠들지 않을 거고, 애당초 실수로 죽을 뻔하는 위기에 처하고 싶지는 않다.

걱정하는 마히루를 울리기도 싫으니까, 스스로 몸을 관리하고 무리한 노력은 하지 않게 명심할 작정이다.

그 점은 마히루가 조금 의심하는지 '꼭 명심해 주세요.' 라는 눈빛으로 보는지라, 아마네는 마히루가 안심할 수 있게 손을 부드럽게 움직여서 달랬다.

제7화

시험 후의 한때

이틀에 걸쳐 진행된 시험이 끝나고, 아마네는 해방감을 온몸으로 느끼고 있었다.

굳이 말하자면 평소 수업 때보다 책상에 앉는 시간이 줄어서 편하게 느끼지만, 이번에는 딱 알맞은 긴장감이 있었던 덕분에 조금은 압박감이 들었다.

이전에는 적당히 공부해서 그럭저럭 등수가 높았지만, 이번에는 평소보다 공부하는 시간을 더 많이 잡고 집중해서 시험에 임했다. 자신의 노력을 시험받는다는 생각에 긴장도 했지만, 다 끝난 지금은 만족스러운 결과를 예상하고 있다.

어제 첫날 본 시험은 마히루와 함께 시험 답안을 맞춰 봤지만, 만점은 아니어도 상당히 좋은 점수를 딴 것으로 보인다. 오늘 시험도 귀가한 뒤에 답안을 맞춰 보겠지만, 이번에도 지난번 시험보다는 문제를 잘 푼 자신이 있다.

"아마네, 어땠어……?"

너무 늘어진 것 같다고는 생각하면서도 의자 등받이에 몸을 한껏 기대서 긴장을 푼 자세로 휴식을 취하고 있을 때, 미묘하게 기운이 없는 치토세가 비틀비틀 걸어서 다가왔다.

왠지 모르게 얼굴색이 나쁜 것은 애초에 치토세 자신이 공부를 잘하는 게 아닌 탓이겠지. 머리는 나쁘지 않으니까, 평소 노력이 부족한 거라고도 할 수 있겠지만.

"정말 막히는 문제는 거의 없었으니까, 이번엔 괜찮을 것 같아."

"흐에~ 이번에는 정말 열심히 공부했으니까. 내 이야기도 들어볼래?"

"위험했지만 낙제는 간신히 면할 것 같다 이거지?"

"잘 아네."

"그렇게 가르쳤는데도 낙제점을 받으면 내가 더 곤란한데."

마히루와 아마네는 이츠키와 치토세, 유타에 비해 여유가 있는 축이어서 치토세의 시험공부를 도와줄 수 있었고, 어떻게든 낙제점을 피하는 데 전념하도록 시켰다.

치토세는 평소 수업 태도가 불량한 것이 걸림돌일 뿐, 기본적으로 머리 회전이 빠르고 이해력도 나쁘지 않으니까 잘 가르치기만 하면 제대로 이해해 준다.

그것이 시험 뒤에도 자신의 실력으로 남을지 어떨지는, 본인의 복습과 노력에 달렸지만.

"괜찮아~ 괜찮아~. 이제까지 본 시험 중에서 최고로 잘 봤어!"

"그렇다면 다행이고. 너는 평소 행실에 문제가 있는 것 같기도 하지만, 괜찮았다면 됐어. 기말 시험 때도 열심히 해 봐."

"으에엑. 시험 끝난 날에 다음 시험 이야기를 하지 마…… 기분 다운되잖아……. 지금은 이 해방감을 만끽하고 싶어! 그치? 잇군."

"맞아! 지나간 과거도, 먼 훗날의 미래도, 지금은 머릿속에 떠올릴 때가 아니야."

아마네의 뒤에서 흐느적 늘어진 이츠키는 치토세의 말을 긍정하듯 연신 고개를 끄덕이고 있다. 여담으로 이츠키는 치토세보다 성실하고 똑똑하지만, 영어 시험에서 죽을 쒔는지 기운이 없었다.

"나는 시험 답안을 맞춰 보고 싶은데."

"싫어! 우리에게 시험 기억을 되살리지 마!"

무척 지쳤는지 이츠키와 치토세가 찰싹 달라붙어 서로의 고생을 위로하는 모습을 보면서 "팔팔해 보이는데?"라고 조용히 중얼거리고, 시선을 교실 안에 생긴 인파 쪽으로 돌렸다.

시험이 끝나고 마히루의 자리에 계속해서 사람이 몰리는 것은 시험 답안을 맞춰 보고 있기 때문이리라.

시험 때마다 거의 정답인 마히루의 답안을 보고 싶어서 모이는데, 마히루는 조용히 웃으면서 각 과목의 문제지를 내놓고 시험 내용에 관해 이야기하고 있었다.

아무래도 저 인파에 낄 생각은 없으므로, 집에 가서 답안을 맞춰 봐야 한다.

"굉장한걸……."

마히루라고 딱 집어서 말하진 않았지만, 누구를 말하는 건지는 알아들은 듯하다.

이츠키와 치토세도 눈길을 돌려서 싱긋 웃었다.

"뭐, 천사님은 귀엽고 똑똑하고 인기도 많으니까. 여기저기서 못 데려가서 안달이겠지."

"아마네 너도 저기 가서 끼지 그래?"

"가야 할 필요성을 못 느끼겠는걸."

"뭐, 그렇겠지."

'집에 가면 있으니까.' 라고 말하지는 않았지만, 그런 말이 이어질 것은 아마네라도 알 수 있다. 입 밖으로 소리를 내지 않은 점은 고맙지만, 다 안다는 듯이 히죽거리는 것이 아마네의 속을 긁기에는 충분했다.

미간을 찡그린 아마네를 보고 더 웃는 이츠키 때문에 미간에 주름이 잡히지만, 재미있다는 듯이 웃는 소리가 들려서 조금 얼굴에서 힘을 뺐다.

"이츠키, 너무 놀리다간 후지미야가 삐질걸."

"괜찮아, 괜찮대도. 아마네는 이 정도로 화내지 않으니까."

"지금 네 머리를 꽉 조여주려는 참인데 말이야."

"어이쿠."

중재하러 온 유타를 보고 조금 화가 가셔서, 아마네는 어깨를 으쓱하고 이츠키에게 벌을 주는 것을 그만뒀다.

"후지미야의 시험 결과는…… 좋아 보이네. 얼굴을 봐선."

"뭐, 그럭저럭 좋게 봤다고 생각해. 카도와키 넌?"

"덕분에 나도 평소보다 점수가 좋을 것 같아. 나중에 답안을 확인해 봐야 알겠지만."

"그래? 잘됐네."

토요일 공부 모임은 중간부터 게임 대회가 되어서 불안했는데, 유타의 분위기로 봐서는 나쁘지 않았던 것 같다.

가끔은 그렇게 다른 사람과 공부하는 것도 나쁘지 않겠다고 생각하고 조금 표정을 푼 아마네에게, 이츠키는 알기 쉽게 못마땅한 표정을 지었다.

"저기 있잖아. 아마네 넌 유타한테만 살갑게 대하지 않아?"

"너 자신의 평소 행실을 돌이켜 보시지?"

"말은 그렇게 해도 사랑한다고, 나는 믿고 있을게."

"징그러운 소리 하지 마. 나는⋯⋯."

"어련하시겠습니까. 아마네가 사랑하는 사람은 한 사람밖에 없으니까."

목소리는 작아도 쓸데없는 소리를 했으므로, 아마네는 손가락 관절을 이츠키의 관자놀이에 대고 가볍게 공격해 주었다.

이번만큼은 이츠키가 잘못했다고 아는 듯, 유타는 웃기만 하고 아마네를 말리려고 들지 않았다. 치토세는 "잇군도 참 멍청하긴." 하고 즐거워하고 있다.

관자놀이 언저리를 강제로 꽉꽉 눌린 이츠키는 아프지 않은 듯이 실실 웃었다.

실제로 힘을 세게 준 것은 아니니까 별로 아프진 않을 테지만, 여유를 부리면 아주 조금 짜증이 치미는 것도 사실이다.

"뭐, 후지미야는 일편단심이니까. 보면 알겠어."

"카도와키, 너마저⋯⋯."

"나는 딱히 뭐에 일편단심인지, 어떻게 일편단심인지도 말하지 않았는데?"

상큼함을 확 뿌리는 웃음을 보고, 아마네는 뭐라고 더 말할 수도 없어져서 고개를 홱 돌렸다.

아마네의 태도가 어지간히 재밌는지, 이츠키와 치토세와 유타는 모두 왠지 훈훈한 느낌으로 웃었다. 아마네는 부끄럽기도 해서 입술을 꼭 깨물고 시선을 돌렸는데, 그때 딱 손이 빈 마히루와 눈이 마주쳐 미소를 짓는 것을 보았다.

마히루가 봤다는 사실에 부끄러워서 신음하자, 마히루가 미소를 지은 채 조용히 아마네가 있는 곳으로 다가왔다.

"즐거워 보이는데요. 무슨 이야기를 했나요?"

"응~? 아마네가 귀엽다는 이야기를 했는데?"

"치토세, 너 말이야."

"그런 이야기 맞잖아."

"그게 아니지. 애초에 내가 놀림당하는 이야기잖아."

"그렇게도 말할 수 있겠네."

"역시 놀리는 거 맞잖아."

작작 좀 하라고 째려봐도 본인은 아랑곳하지 않으니까, 감독 책임을 따지고자 이츠키를 째려봤다.

"왜 나를 째려보는 거야."

"애초에 네가 처음에 그런 소리를 하니까 그렇지."

"결국 무슨 이야기를 한 거죠……?"

"어? 아마네는 일편단심 퓨어 보이라는 이야기를 했어."

치토세는 제발 입을 다물어 줬으면 좋겠다.

"퓨어 운운한 사람은 아무도 없잖아. 그리고 누구더러 퓨어하다는 거야."

"어? 설마 모르는 거야……?"

입술을 떨면서 일부러 놀란 척하는 표정을 짓는 이츠키의 다리를 책상 아래에서 걷어차고 마히루의 눈치를 슬쩍 보니, 마히루는 평소처럼 미소를 짓고 뭔가 생각에 잠긴 듯 시선을 허공에 돌리고 있었다.

"뭐, 후지미야는 겸허하다고 할까, 성격이 올곧다는 이야기를 한 거야."

"그랬군요. 후지미야 씨는 한 가지 결심한 일에는 노력하는 분이니까요. 그런 점에선 정말 올곧은 셈이네요. 참 좋다고 봐요."

"진짜로. 후지미야는 그런 부분에서 자신감을 챙겼으면 좋겠는데."

"정말로 그렇네요."

둘이서 칭찬으로 사람을 죽이려고 드는 것이 정말 거북했다.

마히루와 시선이 마주치니 온화하게 미소를 지어 주었다.

그게 쑥스러워서 시선을 확 돌리자 같은 반 아이들이 부러운 눈치로 이쪽을 보고 있었다.

주목하는 것이 아마네가 아니라 어째서인지 의기투합해서 아마네를 칭찬하는 마히루와 유타여서 안심하면서도, 왠지 조금 마음이 복잡했다.

인기가 많은 남녀가 둘이서 사이좋게 있으면 당연히 주목을 받는 법이지만, 아주 조금 부럽다고 생각하고 말았다. 이렇게 주목을 받아도 이상하게 보이지 않는다는 사실이.

"아마네, 왜 그래? 부끄러워?"

"아니거든?"

"아, 그러십니까. 부끄러운 걸 감추려는 거지? 아, 마히룽. 이따가 이렇게 다섯이서 모여서 놀러 가자. 모처럼 모였으니까 시험 뒤풀이나 해야지."

차마 말로 표현할 수 없는 아마네의 마음을 깔끔하게 무시한 치토세는 그대로 마히루에게 같이 놀러 가자고 제안했다. 부담 없이 가볍게 제안한 건데, 마히루는 평소처럼 천사의 미소를 띤 채로 "여러분만 괜찮다면 갈게요."라고 대답했다.

다섯 명이라고 하면 자신도 포함되는 거겠지. 아마도 거부권은 없을 테고, 거부하지 않을 것도 치토세가 잘 알고 있으리라.

이번에야말로 한 방 먹였다는 듯이 웃는 치토세한테서 고개를 돌리고, 이야기의 흐름에 따라 고개를 끄덕였다.

"저기, 아마네. 너 너무 힘쓴 거 아니야?"

시험 결과가 나오는 날. 복도 게시판에 붙은 정기고사 순위표를 보고 이츠키가 다소 황당한 듯이 중얼거렸다.

아마네는 공부 모임 뒤에도 곧장 공부에 전념하고 시험에 임했다. 단순히 처음 목적인 자신감을 키우기 위해서.

그리고 요염하게 속삭인 말을 머릿속에서 몰아내기 위해서.

최대한 그 말과 표정에 생각을 할애하지 않게 공부에 집중한 결과—— 이번 6등 성적으로 이어진 것이리라.

"아니, 나도 이렇게 오를 줄은 몰랐는데."

"참 애썼네. 자신감은 생겼어?"

"별로⋯⋯. 이 성적을 계속 받는 게 당연할 정도는 되어야지."

"겸손하기도 하셔라⋯⋯."

한 번 좋은 등수를 땄다고 방심했다가 떨어지는 모습은 마히루에게 보이기 싫다. 이렇게 상위권에 있는 것이 정착해야만 의미가 있다.

장차 대학 입시를 생각하면, 이걸로 만족해서 끝내는 것은 말도 안 된다.

대학 입시는 다른 학교 학생들도 순위 경쟁에 낄 테니까 단기적인 공부로 어떻게 될 리가 없다. 그러므로 장래를 대비하는 의미에서도 공부에 전념하고 싶다.

덧붙이자면, 마히루는 이번에도 1등을 독주하고 있다. 역시 대단하지만, 언제나 노력한 성과이므로 그렇게 간단히 말할 수는 없다.

"후지미야 씨는 이번에 6등이네요."

뒤늦게 보러 온 마히루가 아마네의 이름을 본 듯 예쁘게 미소를 지었다.

천사님 모드인 마히루에게, 아마네는 동요한 내색을 하지 않으려고 슬쩍 웃었다.

주위 시선이 따갑지만, 이제는 남들 앞에서 말을 거는 것도 익숙해졌는지 심하게 동요하지는 않았다. 시선에 담긴 분위기에 익숙해진 것은 아니지만.

"그런가 본데. 다행이야."

"후후. 노력했으니까 말이죠. 쉬는 시간에도 공부했었고."

"그래……."

"이만큼 노력했으면 상을 받아도 되지 않을까요?"

"그러, 네."

상 이야기를 떠올리고 뭐라 말하지 못할 기분이 들었다.

무릎베개와 귀 청소 약속을 했었다. 머릿속에서 이것저것 다 몰아내는 바람에 그냥 까먹고 있었는데, 10등 안에 들어가면 해 준다고 한 것 같다.

물론 거부할 수도 있겠지만…… 좋아하는 여자애가 상을 준다는데, 그 행복을 제 발로 걷어찰 수 있을까?

"시이나 너도…… 1등 축하해. 너야말로 상을 받아야 하는 거 아니야?"

"그러네요. 하지만 저 자신을 너무 풀어주면 안 좋거든요."

"시이나는 자신에게 엄격하니까 조금은 풀어도 될 것 같은데 말이지. 뭐, 내가 뭐라 할 처지는 아니지만."

그러고 보니 자신은 상을 받기로 했지만, 마히루는 아무것도 받는 게 없으니까 상을 줘야 하지 않을까.

그렇다고 해도 뭘 해 주면 좋을지 잘 모르니까, 집에 가서 마히루에게 물어봐야 한다.

천사님의 미소를 띤 마히루 앞에서, 이츠키가 조용히 "아마네, 네가 뭐라도 해 주는 게 어때?"라고 말했다.

안 그래도 그럴 작정이니까, 오늘 귀가해서 물어보자고 속으로 결심했다.

"네? 저한테 주는 상, 말인가요?"

귀가해서 앞치마를 두르고 저녁 준비를 하는 마히루의 뒤에서 물어보니 조금 놀란 표정을 짓고 뒤돌아봤다.

아마네는 저녁을 먹은 뒤에 기다리고 있을 상과 지난번 악마의 미소를 떠올리는 바람에 침착할 수가 없었지만, 아무래도 마히루는 그걸 눈치챈 기색도 없이 그저 예상하지 못했다는 느낌을 표정에 드러내고 있다.

"딱히 원하는 물건이 있는 건 아닌데요."

"해 줬으면 하는 건……?"

"아마네 군한테 말인가요? 음…… 그래요. 거기 있는 오이를 슬라이서로 썰어 줬으면 좋겠다고 생각하는 정도일까요."

"그런 거 말고. 아니, 없다면 억지로 말하지 않아도 되지만."

욕심이 없다고 할까. 진심으로 받아들인 것 같지는 않지만, 너무 억지로 요구하는 것도 좋지 않으니까 순순히 물러났다.

마히루가 됐다고 하면 그래도 상관없지만, 뭔가 바라는 게 있다면 아마네가 가능한 선에서 들어줄 작정이었다.

좌우지간 오이를 슬라이서의 제물로 바쳐 달라고 하니 손을 씻고 준비가 다 된 슬라이서로 오이를 써는데, 이건 누가 봐도 그냥 일을 조금 거들기만 하는 것이다.

"그걸 소금으로 버무려 주세요."

"알았어. 정말로 없어……?"

"별로요. 저는 지금 상황으로 충분하니까요. 애초에 제 진짜 소원은 제가 알아서 이루어야 한다고 생각하고요."

"진짜 소원?"

"뭐일 거 같아요?"

슬라이서에서 눈을 떼고 보니 마히루가 조용히 입가에 미소를 짓고 있었다.

그 표정이 한순간 지난번에 본 악마의 미소로 보여서 도저히 직시하지 못하고 시선을 도로 오이로 돌렸다.

"모……모르겠는데."

"그렇죠? 그러니까 됐어요. 이대로 있어도 괜찮아요."

아마네의 말을 듣고 씁쓸하게 웃는 느낌이 들었다.

더는 추궁하지 못할 분위기를 내면서 요리하러 돌아가는 마히루를 보고, 아마네는 뭘 어쩌면 좋을지 모르는 채로 그저 오이를 썰 수밖에 없었다.

"자, 오세요. 아마네 군."

저녁을 다 먹고 나서, 상을 받는 시간이 왔다.

당연하다는 듯이 소파 구석에 앉아서 다리를 탁탁 치고 미소를 짓는 바람에, 아마네는 "윽." 하고 말문이 막혔다.

여담으로 오늘 마히루의 복장은 숏팬츠에 검정 타이츠 조합이므로 맨살 무릎베개인 것은 아니지만, 접촉면이 너무 얇아서 감촉을 더 알기 쉽다.

덤으로 오늘은 귀가하자마자 목욕한 듯 전체적으로 좋은 향기가 났다.

이 상황에서 무릎베개 상태로 귀를 청소한다니, 아마네로선 자살이나 다름없는 행위다.

"저기…… 그게 말이지."

"싫으면 안 해도 상관없지만요. 아마네 군이 바란 거잖아요?"

"그야 바라긴 했지만? 실제로 눈앞에 있으면 움츠러든다고 할까, 그게…… 부끄럽잖아?"

"그러면 왜 말한 거죠?"

"그, 그건 남자의 마음이 그렇다고 할까."

"그 마음에 그냥 따르면 될 거 같은데요……. 노력해서 받은 상이니까요. 굳이 사양하지 않아도 되는걸요? 응석을 부려도 얼마든지 받아줄게요."

다시 다리를 탁탁 두드리는 마히루를 보고, 아마네는 침을 꼴깍 삼켰다.

날씨가 많이 풀려서 그런지 타이츠는 얇았다.

착 달라붙은 타이츠의 표면에서 희미하게 살색이 비쳐 보여서 참으로 선정적으로 느끼고 말았다.

타이츠를 신었는데도 허벅지는 아마네를 유혹하듯이 무방비하고 매끄러운 각선미를 드러내고 있었다.

본인은 전혀 그럴 의도가 없겠지만, 오늘의 마히루는 아마네를 살려둘 생각이 없어 보인다.

원래라면 어떻게든 거절하고 정신의 안정을 꾀할 테지만, 상이라는 명목과 남자의 욕망이 죽음으로 떠밀고 말았다.

조심조심 마히루의 옆에 앉고 허벅지 위에 머리를 올렸다.

예전에도 체험했지만, 역시 부드럽다. 예전보다 중간에 있는 천이 얇은 탓에 감촉과 온기가 더 잘 전해져서 아마네의 심장을 폭행했다.

어딜 보면 좋을지 몰라서 일단 위쪽을 봤더니 마히루가 웃는 게 보였다.

다만 그 얼굴이 조금 가려서 보이는 것은…… 중간에 산이 있기 때문이리라.

5월이 되어서 기온도 약간 올라가서 그런지 마히루가 입은 셔츠는 얇다. 더군다나 좋은 몸매를 부각하듯이 몸의 굴곡이 잘 보이는 종류다.

천 너머로도 알 수 있는, 중력을 따르면서도 예쁜 모양새를 유지하는 산 때문에 아마네는 위를 보는 것을 그만뒀다. 이대로 가다간 아마네의 수치심이 폭발할 것 같다.

"자, 이제 귀를 청소해도 되겠죠?"

아마네의 마음속 외침을 조금도 모르고, 마히루는 왠지 신난 분위기로 웃으면서 그렇게 선언하고 테이블 위에 둔 귀이개와 티슈에 손을 뻗었다.

뒤통수에 뭔가 부드러운 것이 내려왔다.

(?!)

소리도 내지 못하는 비명을 속으로 지르는 아마네를, 마히루가 알아차린 낌새는 없었다. 곧장 귀이개를 집어서 몸을 일으켰다.

아마도 마히루는 모를 것이다. 아마네가 부드러운 감촉과 질량을 피부로 느꼈다는 사실을.

심장이 쿵쿵 뛰었다.

이미 마음속 상태는 귀 청소가 어쩌고 따질 수준이 아니었지만, 마히루는 "가만히 있어 주세요."라고 타이르듯 속삭이고 아마네의 머리를 한 손으로 슬쩍 고정했다.

귓속을 청소할 테니까 움직이지 말라는 소리겠지만, 이런저런 이유로 마구 뒹굴고 싶은 아마네는 가만히 있으라는 명령을 들은 강아지가 된 것처럼 답답했다.

그래도 발버둥 칠 수는 없으므로 얌전히 테이블 옆면을 가만히 보니 천천히 귓구멍 속에 딱딱한 게 들어왔다.

한순간 오싹한 것은 역시 피부가 얇은 곳이 민감한 탓이리라.

자기 손으로 할 때는 안 그런데도 마히루가 하면 기분이 이상해지는 것은 아마도 자신의 의지로 할 수 없다는 점과…… 좋아하는 여자애가 해 준다는 흥분 때문이리라.

마히루는 성격으로 봐서 조심스럽게 잘 청소해 줄 것을 알지만, 부드럽게 귀를 청소해 주면 왠지 모르게 몸이 근질근질하다.

마음이 편하다고 하기에는 조금 답답하고, 그러면서도 욕망을 자극하는 희미한 쾌감이 있다.

적어도 이대로 귀를 청소하는 것에 저항하지 않을 만큼은, 말로 표현하지 못하게 기분이 좋았다.

"아프진 않나요?"

"응…… 아프지 않아. 좋아."

"그래요? 다행이에요. 남자는 이런 걸로 낭만을 느낀다고 들었는데…… 낭만이 잘 느껴지나요?"

"아마도……."

"아마네 군도 남자가 맞네요."

"당연히 남자지."

남자가 아니라면 이렇게 속으로 난리를 치지 않을 테고, 부드러운 감촉에 흥분하지도 않는다. 좋아하는 상대가 이토록 뭐든 다 받아주고, 밀착을 허락해 주면 허둥댈 수밖에 없다.

"후후, 아마네 군은 신사니까요. 관심이 별로 없나 해서요."

"내가 신사라고 가정하더라도, 언동과 속마음은 별개잖아. 너도 조심해. 남자는 얌전한 척하면서도 여자가 혼자 있을 때 덮치려고 하는 법이니까."

"그 이론으로 생각해 보면 아마네 군은 남자가 아니네요."

숫기가 없다는 소리를 들은 것 같아서 입술을 꼭 깨물지만, 마히루는 그런 의도가 없는지 느긋하게 귀를 청소하고 있다.

"자, 아마네 군. 반대쪽으로 돌아주세요. 다른 귀도 청소하고 싶어요."

입술을 꾹 다물면서도 반대쪽 귀를 내밀었는데, 생각해 보니 마히루의 배 쪽으로 얼굴을 둔다는 새로운 고행이다.

아래를 봤다간 숏팬츠 차림이라고는 해도 대참사가 벌어질 테니, 얌전히 배를 볼 수밖에 없다.

천국인지 지옥인지 모르겠다.

욕망을 순순히 인정하면 필시 천국일 테지만, 갈등 속에서 허우적대는 아마네로서는 지옥에 한 발을 담근 것이나 다름없다.

"아마네 군…… 아까부터 왠지 몸이 들썩이는데요……."

"신경 쓰지 마."

속마음을 말할 수도 없다. 애초에 그런 소리를 했다간 마히루가 질색할 것이다.

그러므로 순순히 귀 청소를 받아들이고 자신의 욕망을 그저 숨길 수밖에 없다. 사심 없이 순수하게 잘 대해 주는 천사님은 정말 무시무시했다.

마히루는 아마네의 태도를 의문시하는 눈치였지만, 아마네가 눈을 맞추려고 들지 않고 마히루의 몸을 보고 있어서 추궁을 단념하고 귀 청소를 재개했다.

뭐라고 말할 수 없는 편안함과 간지럼을 느끼면서, 아마네는 눈을 감고 청소가 끝나기를 기다렸다.

눈을 뜨고 있으면 이상하게 죄책감이 들어서 눈을 감았는데, 이것도 다른 감각이 차단되는 바람에 마히루 본연의 달콤한 향기와 샴푸나 보디샴푸의 향기가 코로 들어오거나 허벅지의 부드러운 감촉을 의식하니까 정신을 차릴 수가 없다.

이 부드러움을 고민하지 않고 탐닉할 수만 있으면 얼마나 좋을까.

"아마네 군, 끝나고 머리를 만져도 될까요?"

"마음대로 해……."

곧바로 도망쳤으면 더 갈등할 리도 없는데, 슬프게도 아마네도 남자여서 무릎베개를 계속하고 싶은 마음이 들었다.

그만두길 바라는 마음과 계속했으면 하는 마음의 갈등에 고뇌하면서 결국 욕망에 굴복했으니까, 자신은 여러모로 의지가 약하다는 사실을 뼈저리게 깨달았다.

마히루는 아마네가 승낙해서 기쁜 내색을 보였다.

"금방 끝날 거예요."

그렇게 말하고 정성껏 귀를 파 주는 마히루에게 '아, 벌써 끝나는구나.' 하고 조금 아쉬운 기분을 느끼고 말아서 다시 혼자 끙끙대는 처지가 되었다.

물론 표정이나 행동으로 드러내지는 않지만.

조금 간지러우면서도 기분 좋은 느낌은 마히루가 귀이개를 빼면서 끝났다.

그 대신 마히루의 손가락이 머리카락을 슥 헤치고 들어와서 다른 방면으로 기분이 좋아졌지만.

"자, 다 끝났어요."

아이를 어르듯 자상하게 머리를 쓰다듬는 마히루에게, 아마네는 부끄러운 감정과 몸을 맡기고 싶다는 충동을 같이 느꼈다.

굳이 말하자면 후자가 더 강한 자신을 알아차리고, 차마 인간의 말로는 자아낼 수 없는 신음이 입 밖으로 흘러나올 뻔했다.

마히루는 상을 준다는 의미로 이렇게 부드럽게 받아주는 것이겠지만, 이러다간 아마네가 확실하게 타락하고 말 것이다.

선언한 바 있듯이 아마네를 타락시킬 의욕이 넘치는 마히루에게 저항하고 싶어도, 편안함이 그럴 기력을 송두리째 앗아가니까 어쩔 도리가 없었다.

(이러다간 완전히 타락하겠어…….)

여자의 싱그러운 향기와 온기를 담뿍 느끼면서 부드럽게 쓰다듬는 손길을 느낀다. 이렇게 말하면 별일이 아닌 것 같지만, 실제로는 참을 수 없을 만큼 편안하고 행복한 기분이 든다.

이런 걸 매일 당했다간 확실하게 인간적으로 타락하는 길로 직행할 만큼, 지금 상황과 자세는 여러모로 매력이 넘쳤다.

숨을 훅 내쉬고 몸에서 긴장을 풀자, 작게 웃는 소리가 들렸다.

"아마네 군은 의외로 어리광쟁이네요."

"다 누구 탓인데……"

"제 탓이네요."

마히루는 키득키득 부드럽게 소리를 내어 웃고 손가락 마디를 더 움직였다.

"아마네 군은 이렇게 부드럽게 쓸어 주고 싶어진다고 할까, 만지고 싶어져요. 아마네 군의 머리카락은 만지면 기분이 참 좋아요."

"그래……?"

"네. 부드럽게 윤기가 넘쳐요. 어째서 이렇게 큐티클이 풍성한 걸까요……?"

"어머니가 추천하는 샴푸를 써서 그럴까?"

어머니 시호코가 '기왕에 머릿결이 좋으니까 상하게 하면 못 써!' 라고 강조하는 바람에, 아마네는 현재 미용실에서 쓰는 것처럼 머릿결을 잘 보호하는 샴푸와 린스를 쓰고 있다.

냄새가 싫은 것도 아니고, 머리를 말린 뒤에도 손에 엉키지 않아서 계속해서 사용하고 있다.

"마히루야말로 머릿결이 부드러운걸."

황갈색 커튼을 한 줌 손에 쥐어 보니 자신의 머리카락보다 감촉이 더 부드럽고 매끄러웠다.

부드럽게 윤기가 넘친다면 마히루가 한 수 위라서, 아마네와는 비교도 안 된다. 마히루의 머리카락은 언제까지고 만지고 싶을 정도로 감촉이 좋고, 향도 너무 강하지 않게 은은한 비누 냄새가 나서 남자로서 참을 수가 없다.

© Hanekoto

"머리를 쓰다듬을 때마다 느끼는 거지만, 손질할 때 엄청 신경을 쓸 거 같은데."

"뭐…… 관리를 게을리한 적은 없어요."

"그렇겠지. 그런데 평소에도 내가 막 만지는데, 그래도 돼? 머리카락은 여자의 생명이라고도 하잖아."

"아마네 군이 만지는 건…… 좋아해요."

얼굴을 보이지 않아서 다행이라고 생각한 것은 마히루의 말을 듣고 표정이 요상해졌기 때문이리라.

수치, 환희, 혼란, 당혹…… 아마네 자신도 말로 표현할 수 없는 온갖 감정이 뒤섞여 완성된 그 표정은, 마히루의 눈에 띄었다간 수상쩍게 여길 것이다.

(자꾸 그런 소리를 하니까 착각하는 거야.)

아마네는 말을 꺼내지 못한 채, 표정을 원래대로 돌리려고 눈을 감고 한숨을 쉬었다.

눈을 떠 보니 마히루의 셔츠가 눈앞에 있었다.

아무래도 잠이 들었던 모양이다. 너무나도 편안하고 행복한 감각에 의식이 날아간 듯한데, 얼마나 오래 잠들었는지 모르니까 솔직히 속으로는 조마조마했다.

머리를 쓰다듬는 손길은 없었다.

조심조심 몸을 일으켜 보니, 마히루는 소파에 몸을 기대서 새근새근 소리를 내며 잠들어 있었다.

부드럽게 새근거리며 호흡하는 마히루를 보고 "너무 무방비하잖아."라고 중얼거리며 시계를 보자 얼굴이 실룩거렸다.

한 시간만 더 있으면 날짜가 바뀔 참이었다. 무릎베개를 한 것이 갖가지 뒷정리를 마치고 오후 9시가 조금 지났을 때였으니까, 대략 두 시간이나 마히루의 다리를 베고 있었던 셈이다.

마히루가 잠든 것도 시간적인 문제와 몸을 움직일 수 없었던 탓이리라.

아마네를 깨우기 미안해서 그대로 두다가 깜빡 잠들었을 게 뻔하다.

남자가 사는 집이니까 조금은 조심했으면 좋겠는데, 애초에 다리를 베고 잔 아마네한테도 책임이 있다.

이걸 어쩌나 싶어서 잠든 마히루의 얼굴을 잠시 보고, 좌우지간 먼저 목욕하기로 했다.

마히루는 먼저 목욕하고 온 듯하지만, 아마네는 아직 하지 않았다.

마히루를 깨우더라도, 지금은 그냥 자게 내버려 두고 목욕부터 하면 된다. 어쩌면 그사이 마히루가 잠에서 깰지도 모른다.

그렇게 마음먹고, 아마네는 후다닥 방으로 돌아가 갈아입을 옷을 챙기기로 했다.

목욕을 마치고 나온 아마네는 거실을 확인하고 슬며시 한숨을 쉬었다.

마히루는 여전히 꿈나라에 푹 빠져 있어서, 드라이어 소리에도 일어나지 않은 듯하다.

"마히루, 일어나."

말을 걸고 살며시 몸을 흔들어 봤지만, 깨어날 기미가 보이지 않는다. 정말로 의식이 없는지 몸이 휘청휘청 흔들려서 일단은 마히루의 몸을 잡아서 받쳤다.

오랫동안 무릎베개를 시켜서 피곤한 걸지도 모르고, 그저 졸려서 잠든 걸지도 모른다. 아무튼 마히루가 잠에서 깨지 않는다는 사실은 알았다.

(예전에도 이런 일이 있었지.)

연말이었을 것이다. 깜빡 잠든 마히루를 자신의 침대에서 재운 기억이 있다.

이번에도 그 코스가 될 것 같다.

다시 더 세게 흔들고 말을 걸지만, 마히루는 깨어나지 않는다.

작게 "우웅." 하고 부드러운 소리가 났지만, 그건 잠든 사람의 호흡이 섞인 콧소리에 가깝다.

잠든 마히루가 아마네를 신뢰해서 무방비한 모습을 보이는 것은 이번이 처음이 아니지만, 정말로 그래도 되는지 하는 생각이 들기도 했다.

"거참."

투덜대면서 마히루의 볼을 콕콕 찔렀지만 역시 일어날 기미가 없다. 반응은 없이 매끄러운 피부와 말랑말랑한 감촉만이 느껴질 뿐이다.

뺨에 손을 대면서 같은 여자도 부러워하는 부드럽게 탱탱한 피부를 엄지로 슥 만지고 천천히 아래로 미끄러뜨린다.

희미하게 힘이 빠진 입술에 손을 대니 뺨보다도 부드럽고 싱그러운 감촉이 전해진다. 입을 대면 달콤함이 바로 전해지는 과일을 연상케 했다.

무방비한 지금이라면 그 달콤함을 맛보는 것도 불가능하지 않다. 최고급 과일을 입에 대고, 그대로 더욱 진하게 맛볼 수도 있으리라.

그런데도 그러지 못하는 이유는, 이성이 제지하는 데다 마히루에게 거부당하면 다시 회복할 수 없기 때문이다.

그런 주제에 이렇게 만지는 것만큼은 그만두지 않는 점에서 자신도 참 겁이 많다고 자조하고, 아마네는 아름답게 잠든 얼굴을 드러낸 마히루를 가만히 바라봤다.

(사람 마음도 모르고.)

너무 방심하는 바람에 아마네의 속이 탄다는 것을, 마히루는 모를 것이다.

자신도 모르게 한숨을 푹 쉰 아마네는 여전히 무방비한 얼굴로 잠든 마히루의 볼을 슬며시 쓰다듬고 피식 웃었다.

아마네 자신은 참 겁이 많고 한심하다고 잘 알면서도, 이러한 부분이 마히루의 신뢰를 딴 요인일 거라고도 잘 알고 있었다.

이토록 신뢰해 주면 자신을 좋아하는 게 아닐까 하는 생각도 든다.

그러나 고백했다가 혹시 모를 일이 생길까 봐서 무서워하는 겁쟁이라서, 그런 두려움이 솔직한 마음을 전하는 것을 가로막고 있다.

"좋아한다고 쉽게 말할 수 있다면 고생할 일도 없겠지……."

조용히 중얼거리고, 아마네는 생기가 넘치는 입술에 엄지를 살짝 문지르고 한숨을 쉬었다.

좋아하는 여자애가 이렇게 아마네를 신뢰해서 무방비한 상태로 있는 것은 기쁘고 사랑스럽지만, 일종의 고행이기도 하다. 애초에 마히루는 아마네의 갈등을 좀 이해해 줬으면 한다.

일어나면 조금 핀잔을 주자고 속으로 결심하고, 아마네는 마히루의 어깨를 잡고 흔들었다.

"마히루, 일어나. 집에 갈 시간이야."

조금 세게 흔들어서 마히루가 잠에서 깨길 유도했다.

귀엽게 잠든 얼굴은 언제까지고 볼 수 있지만, 너무 봤다간 정신이 이상해질 것 같은 데다 이대로 두면 아마네도 잘 수 없다.

일단 몇 번은 부득이하게 자고 가게 했다고 할까, 침대를 빌려줬다고 하는 게 정확하지만. 이 집에서 재운 적은 있으니까 최종 수단으로 아마네의 방에서 재울 수도 있다.

다만 되도록 집에 돌려보내고 싶다. 마히루가 아마네의 침대에서 잔 다음에는 참 좋은 향기가 침대에서 나서 여러모로 곤란하다.

자신의 침대에서 재울 때마다 마히루의 향기가 빠질 때까지 끙끙댈 것 같으므로 어지간하면 피하고 싶다.

그 일념으로 마히루를 흔들고 부드러운 볼을 톡톡 두드리자, 몹시 느릿느릿하게 긴 속눈썹을 떨면서 눈꺼풀이 올라갔다.

다만 안에서 보이는 선명한 캐러멜 색깔의 눈동자는 어딘지 모르게 텅 빈 것처럼 보인다고 할까, 눈에서 초점이 맞지 않았다. 어딜 보는지도 모를 만큼 흐리멍덩한 눈은 또다시 나른하게 눈꺼풀 커튼 속으로 숨으려고 했다.

"마히루, 제발 일어나. 우리 집에서 자지 마."

"우웅······."

"그러지 말고, 알았다고 말해 줘."

"웅······."

정말로 모르는 듯이 늘어진 목소리로 대답하는지라, 아마네는 얼굴을 실룩거리면서 뇌가 흔들리지 않을 정도로 몸을 흔들어서 필사적으로 의식을 차리게 하려고 했다.

그 성과인지 다시 눈을 떴지만── 이번에는 앞에 있는 아마네의 가슴에 몸을 기대고 꼼질꼼질 얼굴을 파묻었다.

작게 우물거리는 목소리로 "좋은 냄새."라고 중얼거리고 얼굴을 문대는 마히루를 보고, 아마네는 신음을 못 참고 몸을 떨면서 목구멍 안에서 소리를 쥐어짰다.

(정말이지, 이 아이는.)

이제는 일부러 그러는 게 아닐까 싶을 정도로 무방비하게 늘어진 몸을 차마 떼어낼 수도 없다. 오히려 이대로 품에 안고서 귀여워하고 싶은 욕심도 드니까, 빨리 떨쳐내고 벽에 머리를 박는 게 나을지도 모른다.

입술을 꽉 깨물면서 어깨를 붙잡고 천천히 몸에서 떼어놓자, 마히루는 멍하고 생기가 없는 눈으로 아마네를 봤다.

"마히루, 늦은 시간이니까 집에 가자. 내일은 정상 수업이니까 늦잠 자면 큰일이야. 집 앞까지 바래다줄게."

말은 그래도 옆집이지만, 마히루가 너무 졸린 눈치로 힘이 빠진 상태라서 거실에서 보내기가 불안했다.

마히루는 아는지 모르는지 "안녕히 주무세요……."라고 맥없는 소리를 내고 흐느적흐느적 일어섰다. 그건 좋았지만, 그대로 바닥에 쓰러질 것 같아서 아마네가 허겁지겁 몸을 받치는 지경에 처했다.

시험으로 지친 상태에서 오랫동안 무릎베개를 해 주는 바람에 체력에 부담을 준 거겠지. 잠기운에 휩쓸려서 일어설 수 없는 상황이었다.

(하는 수 없지…….)

부축해서 집 앞까지 바래다줘도, 마히루의 집 안에서 고꾸라질 거라는 확신이 들었다.

한숨을 슬쩍 쉬고, 아마네는 자신에게 몸을 기댄 마히루의 얼굴을 살폈다.

"마히루. 이미 한계인 것 같으니까 너희 집에 데려갈까 하는데, 열쇠 빌려도 될까? 방에 들어가야 할 거 같은데."

사실은 여자 집에 들어가는 것은 좋지 않고, 마히루가 이렇게 정상적으로 판단하지 못하는 상황에서 물어보는 것도 바람직하지 않다.

그러나 몇 번 경험한 적이 있다고는 해도 남자 집에서 재우는 것과 자기 집에서 자는 것 중에서 뭐가 더 나을지 하면, 필시 후자일 것이다. 마히루도 자기 집이 더 안심하고 잘 수 있을 테고,

익숙하지 않은 아마네의 침대와 베개를 쓰는 것보다는 자기 침대가 훨씬 나을 것이다.

정신이 있는 상태니까 허락을 구할 수 있는 것이므로, 아마네는 아슬아슬한 선에서 자신이 여자 집에 발을 들인다는 죄책감을 받아들일 수 있었다.

물어보는 말에 마히루가 천천히 고개를 끄덕였다.

긍정을 확인한 아마네는 최대한 몸에 손이 닿지 않도록 마히루의 숏팬츠 주머니에서 열쇠를 꺼내고 몸을 눕혀서 안았다.

잠기운이 한계에 달한 듯한 마히루는 아마네에게 몸을 맡기고 반쯤 잠들었다. 얼른 집에 보내지 않았다간 품에서 푹 잠들어 버릴 것 같다.

되도록 소리를 내지 않게 현관을 나서서 마히루의 집 앞에 서고, 마히루를 안은 채로 문을 잘 열어서 천천히 안에 들어간다.

"실례합니다……."

당연하지만 내부 구조는 똑같았다. 방이 어디 있는지는 알 수 있다.

다만 아마네의 집과 구조가 같은데도 발을 들였을 때부터 가슴이 두근거렸다. 자신의 집과는 다른, 달콤함과 상큼함이 섞인 듯한 향기가 몸을 감싼 탓일까.

꼼꼼하고 깔끔함을 좋아하는 성격이 그대로 드러나는지 마룻바닥은 윤이 나도록 잘 닦였고, 보이는 범위에서는 딱히 지저분한 곳도 없다. 벽을 따라서 배치한 선반에는 거울과 꽃 같은 게 있어서 차분하면서도 밝고 화사한 분위기를 자아내고 있다.

안쪽에서 이어지는 거실도 슬쩍 본 바로는 내추럴 컬러 바닥에 맞춰 푸근한 흰색과 연청색을 바탕으로 청결하고 밝은 가구로 정리해서 주인의 센스를 알아볼 수 있었다.

다만 왠지 생활감이 없어 보이기도 했다. 별로 사람이 사는 곳 같지 않다고 할까.

실제로 요새는 학교와 입욕, 수면 시간 말고는 아마네의 집에 있다시피 하니까 어떤 의미로는 사람이 살지 않는 집에 가까운 상태가 됐을지도 모른다.

그런 감정을 느끼면서, 아마네는 천천히 침실로 추정되는 방의 문을 열고 안에 발을 들였다.

여자 방은 태어나서 처음 들어가 보는데, 이걸 기준으로 삼았다간 세상 여자들이 화를 내겠다고 생각할 정도로 깔끔한 방이었다.

여기도 거실처럼 흰색과 연청색이 기본인데, 거실보다는 화사함이 있다. 청초하면서도 우아하다는 말이 딱 어울리는 방이다.

다만 얼핏 봤던 거실보다는 생활감이나 본인의 개성이 드러났다고도 생각했다.

눈에 띄는 곳에 불필요한 물건을 두지 않으려는 건지 물건이 많다는 인상은 들지 않지만, 책상 위에는 참고서와 요리책과 함께 아마네가 게임 센터에서 뽑아서 선물한 인형이 있다.

그리고 예전에 생일 선물로 준 인형은 그때처럼 깨끗하게 침대 머리맡에 떡하니 놓여 있었다.

달라진 부분을 들자면 원래 있었던 리본 뒤에 감춰진 것처럼 빨간 리본이 다소곳하게 달려 있다는 점일까.

　소중히 간직하겠다는 말은 들은 적이 있지만, 이렇게 침대 머리맡에 두고 있음을 실감하니 자연스럽게 얼굴이 화끈거렸다.

　매일 밤 함께 자는 모습을 상상하니 몸부림치고 싶어진다.

　입안에서 볼살을 깨물고 필사적으로 참으면서, 아마네는 슬며시 마히루를 침대에 눕히고 담요를 덮어줬다. 오늘 마히루가 숏팬츠에 타이츠 차림이었던 것을 뒤늦게 감사했다.

　침대가 가라앉는 감각을 알아차린 건지 반쯤 잠들었던 마히루가 희미하게 눈을 떴다.

　눈이 흐리멍덩한 것은 잘 알았기에 무심코 웃으면서, 아마네는 바닥에 무릎을 꿇고 침대에 누운 마히루의 머리를 손바닥으로 부드럽게 쓸어 주었다.

　"집에 왔어. 열쇠는 나중에 돌려줄 테니까 걱정하지 마."

　오늘은 마히루도 실컷 만졌으니까 조금은 괜찮겠지. 그런 마음에 얼굴에 흘러내린 머리카락을 쓸어서 걷어주면서 부드러운 볼을 찌르자 간지럽다는 듯이 평소보다 몇 배는 풀어진 미소가 살포시 드러났다.

　그대로 확 풀어진 눈으로, 마히루가 옆자리를 손으로 툭툭 두드렸다.

　"아마네 군도……."

　다음에 이어질 말이 뭘지 생각하고, 이어서 경직했다.

　여기서 자라고 말하고 싶은 거겠지. 아마도 안는 베개가 되라는 뜻일 것이다.

(의미가 있어서 하는 말이 아니야……. 특별한 뜻은 없어.)

그렇게 타이르고 한순간 유혹에 빠질 뻔한 자신의 욕망을 속에서 패대기쳤다.

이대로 느긋하게 있다간 마히루가 엄청난 소리를 할 것 같아서 조마조마하면서, 아이를 재우듯 부드럽게, 찬찬히 머리를 쓸어서 잠으로 유도했다.

"나는 집에 갈 거야. 알았지?"

"싫어……."

"여자 방에 오래 있을 수는 없으니까. 일어나면 너도 무조건 후회할걸. 나를 베개로 때리는 모습이 눈에 선하거든."

만약 아마네가 이 침대에서 같이 잔다고 쳐도 확실하게 한숨도 못 잘 테고, 일어난 마히루가 혼란에 빠져 얼굴이 새빨개진 다음 창피한 나머지 베개로 때릴 게 뻔했다.

그 뒤로는 말도 안 할 거라는 미래를 예상할 수 있어서, 아마네와 이성과 내일 분위기를 위해서라도 지금은 온 힘을 다해 물러나야만 한다.

꾸벅꾸벅 조는 마히루는 아마네가 필사적으로 타이르는 말과 잠기운에 저항하고 있는 듯하다.

이렇게 된 이상, 근처에 있는 곰돌이를 잡아서 마히루의 얼굴에 들이댔다.

"나 대신에 얘가 같이 자 준다고 하니까 안심하고 푹 자."

끌어안고 같이 잔다고 들었으니까, 곰 인형에게 재워 달라고 부탁하기로 했다.

© Hanekoto

부드러운 머리칼을 손으로 쓸어 주면서 귓가에 대고 부드럽게 속삭이자 마히루는 귀여운 소리로 신음하고 눈앞에 있는 곰 인형을 끌어안았다.

그 모습은 평소 똑 부러진 마히루의 모습에선 생각하지도 못할 만큼 천진난만해서, 마구 쓰다듬어 주고 싶을 만큼 귀엽다.

손에 스마트폰이 있었으면 무의식중에 사진을 찍고 싶어질 만큼 사랑스러워서 집 열쇠 말고 챙기지 않은 사실에 안도했다. 멋대로 여자가 자는 모습을 찍는다는 것은 무례하고 변태적인 발상이리라.

그제야 겨우 긴 속눈썹이 난 눈꺼풀이 눈을 전부 가리고 편안한 숨소리를 내기 시작했을 때, 아마네는 마히루를 깨우지 않게 슬며시 한숨을 쉬었다.

(너무 무방비해서 무서워…….)

아마네가 상대라서 이토록 무방비하고 신뢰로 가득한 모습으로 애교를 부리는 거겠지만, 좋아하는 여자애가 이토록 몸을 맡기고 방심하는 것은 참 힘들다.

잘 참았다고 자기 자신을 칭찬하면서, 아마네는 소리를 내지 않게 방을 빠져나와 그대로 마히루의 집을 나섰다.

오늘은 잠들 때까지 시간이 꽤 걸릴 것 같다.

"아, 안녕하세요……."

"아, 안녕……."

이튿날 아침, 두 사람이 서로 어색하게 얼굴을 마주친 것은 필연이었다.

평소 학교에 가는 날에 아침부터 찾아오는 일은 지금껏 거의 없었지만, 아무리 그래도 어제 그런 일이 있었는지라 뭔가 말하려고 온 듯하다.

아마네는 어제 받은 상과 마히루가 깜빡 잠든 사건으로 잠을 설쳤기 때문에 아침부터 갑자기 찾아오면 심장에 해롭다.

편안한 무릎베개의 감촉, 중간에 머리에 찾아온 탐스러운 과실의 향기와 부드러움을 떠올리고, 허락을 받았다고는 하나 거의 제멋대로 침입한 마히루의 방이 머릿속에 선명하게 살아나면서, 다음으로는 천진난만하게 잠든 얼굴과 귀여운 애교가 기억으로 되살아났다.

게다가 곰돌이를 끌어안은 귀여운 모습이 떠오르는 바람에 침대에서 몸부림치기를 수십 번.

몸부림을 치고 끙끙거리다가 겨우 잠들었나 싶었더니 곧바로 아침을 알리는 알림 소리에 정신이 들어 잠이 부족한 상태로 지금에 이른 것이다.

반대로 마히루는 잘 잤는지 개운한 얼굴에 혈색도 좋다. 그저 부끄러움을 감추려는 듯이 꼼질거려서 침착하지 않게 보일 뿐이다.

아침밥을 먹으려던 차에 마히루가 갑자기 들이닥치는 바람에 경직한 아마네는 시선을 어디 둬야 좋을지 고민했다.

마히루가 준 상이 너무 강렬해서, 그 감촉을 안 이상 똑바로 보기 어렵다. 더불어 마히루 자신은 모르니까 수치심과 함께 죄책감이 가슴에 차곡차곡 쌓였다.

"아, 아침부터 무슨 일이야……? 아, 열쇠를 찾으러 왔구나. 가져가서 미안해."

"아, 아뇨. 그게…… 그건, 맞지만요. 그런 게 아니고요."

아무리 매우 친한 사이라고는 해도 여자가 사는 집 열쇠를 가져간 것은 잘못했다. 애초에 어쩔 수 없었다고는 해도 집에 발을 들인 것 자체가 잘못이라고 반성하고 있다.

(역시…… 방을 보여주는 건 싫겠지.)

아마네가 봤을 때는 무척 깔끔하게 정리되어서 조화가 잘된 방이라는 감상을 떠올렸지만, 본인의 의식이 거의 없을 때 멋대로 방을 봤다면 뭔가 속으로 생각하는 바가 있겠지.

가령 속옷을 실내에서 건조하는 것을 보기라도 했다간 아마도 마히루는 한동안 눈도 안 마주치고 말도 안 할 것이라고 확신했다.

다행히 그런 건 보지 못했지만, 만약 있었다면 아마네도 마음이 너무 불편해져서 한동안 피해 다닐 자신이 있다.

"저, 저기, 한 가지 물어봐도 될까요?"

"응."

"채, 책상 위에, 사진이 있는 액자가 있었을 텐데요……."

"사진 액자?"

방을 너무 두리번거리는 것도 미안해서 슬쩍 둘러본 정도인데, 사진이 있는 액자는 딱히 기억에 없다. 마히루가 하는 말로는 아마도 잡화처럼 둔 거겠지.

기억을 뒤져도 찾을 수 없는 것을 보면, 그냥 지나친 셈이다.

"아니, 못 봤는데…… 무슨 일 있어? 혹시 떨어져서 부서졌다거나?"

"아, 아니에요! 모, 못 봤다면 됐어요……. 못 봤다면."

마히루는 뭔가 남에게 보이기 싫은 사진을 액자에 넣어서 둔 듯하다. 오히려 그토록 안심할 정도라면 한번 보고 싶었지만, 사생활 침해 문제가 생기니까 입 밖으로 꺼낼 수는 없다.

노골적으로 안심한 마히루에게, 아마네는 뺨을 긁적이며 말했다.

"방은 너무 보지 않으려고 했거든? 본 거라곤 내가 준 인형들이 다 모인 것하고, 마히루가 안고 잔다고 한 머리맡 곰돌이 인형밖에 없는데……."

"쓸데없는 기억은 잊어 주세요!"

아마네의 팔을 토닥토닥 때리는 마히루에게 "네가 예전에 한 말인데……."라고 무심코 대꾸했더니 눈을 흘기는 것을 봐야했다.

"혹시, 인형을 안고 있었던 것도."

"네가 잠결에 같이 자 달라고 요구하니까, 그건 무리라서 대신에 같이 자게 했는데."

"같이 자요?!"

자기 발언을 의심하는지 충격을 받은 얼굴이 서서히 새빨갛게 달아올랐다.

(그야 잠결에 그런 소리를 했다고는 믿기 어렵겠지만.)

"제, 제가 그런 소리를 했나요?!"

"해, 했다고 할까 나를 불러서 옆자리를 탁탁 쳤으니까……
거기서 자라는 요구가 아니었을까 싶은데……."

"아아아."

손으로 뺨을 감싸고 애처로운 소리를 내는 마히루는 빨개진
얼굴로 울 것처럼 눈을 그렁그렁거리고 있다.

"아, 아니에요. 평소에 그런 생각을 하는 건…… 아, 아니에
요! 다만, 그게, 저기…… 아마네 군의, 곁에, 있으면, 편하니
까…… 딱히 그런 욕구가 있는 건 아니고…… 사, 사람의 온기
를 그리워하는 그거가 그래서 그런 거예요."

"무슨 말이야?"

"너무 파고들지 마세요!"

진짜 드물게도 언성을 높인 마히루가 고개를 홱 돌려서 거칠
게 숨을 쉬는 바람에 오히려 아마네가 훨씬 마음이 침착해졌다.

"뭐, 잘 모르는 일이니까 캐묻지는 않겠지만. 앞으로는 조심
해. 잠에 취했다고는 해도 일단은 네 허락을 받아서 집에 데려
간 거지만, 안 일어나면 내 방에서 재워야 하니까."

"그건 그거대로……."

"뭐라고 했어?"

"아무 말도 안 했어요."

나지막하게 뭐라고 말한 것 같지만, 마히루가 뭐라고 중얼거
렸는지는 알아듣지 못해서 무슨 소리를 했을지는 모르겠다.

아마도 마히루도 아마네가 들으라고 한 말은 아니겠지.

© Hanekoto

"아무튼, 나도 아무리 마히루와 속을 터놓고 지내는 사이라고는 해도 그리 쉽게 우리 집에서 재울 수는 없다는 걸 알아줘. 다음에 또 그러면 정말로 끌어안고 잘 거야."

자겠다고 했어도 그날 밤에는 절대로 잠들지 못할 것을 알지만, 이렇게 경고하지 않았다간 마히루가 방심할 것이다.

신뢰하는 사람이 적은 만큼, 그렇게 신뢰하는 사람에게는 풀어진 모습을 보여주니까 조심하길 빌었다.

아마네가 다소 꾸짖는 투로 말하자, 마히루는 눈을 크게 껌뻑인 다음에 희미하게 웃음을 지었다.

"그러는 아마네 군은 제 무릎베개를 하고 너무 새근새근 잘 자는 거 아닌가요? 두 번이나 잠들었는데요?"

"그, 그건 말이야. 지금 하는 이야기와 다르잖아. 여자 앞에서 남자가 자는 거는 경우가 다르고, 위험하지도 않잖아."

"제가 아무것도 안 한다는 보장도 없는데요……?"

"뭘 하려고?"

"그러게요. 장난쳐서 사진을 찍을까요."

이러면 어쩔 거냐는 듯이 말하는 마히루를 보고 맥이 쭉 빠지지만, 마히루 자신은 모르는 눈치다.

"별로 상관없지만, 검열할 거야."

"알아차리기 전에 클라우드에 저장하고 단말에서 지울 거예요."

"정말로 할 거 같아서 무서우니까 그러지 마. 그리고 내가 뭘 하는 것과 네가 뭘 하는 것은 다르니까, 정말로 조심해 줘."

진짜 뭘 모른다고 어깨를 붙잡고 진지하게 말했지만, 마히루는 놀라기는 했어도 도망치지 않았고, 눈을 피하지도 않았다.

"잘 아니까, 괜찮아요."

"전혀 모르는 건데."

"잘 안다니까요. 너무하네요. 저를 너무 얕보는 것 같은데요."

"알면 보통 그러지 않는다고."

"아마네 군은 한참 멀었네요……."

　어째서인지 어처구니없다는 듯이 눈썹을 모으는데, 마히루는 슬쩍 한숨을 흘리고 아마네의 손에서 빠져나와 복도로 갔다.

　그 손에는 어느새 회수했는지 마히루의 집 열쇠가 있었다. 현관 선반 위에 둔 트레이에 있는 것을 발견한 것이리라.

"아마네 군은 조금만 더 생각해 보는 게 좋아요."

　고대로 돌려주고 싶은 말을 입에 담고서 아마네의 집에서 모습을 감추는 마히루를 향해, 아마네는 이마를 짚으면서 "모르는 게 대체 누군데."라고 중얼거렸다.

| 제9화 | 천사님의 새 옷

시험도 끝나고 5월 중순이 찾아왔다.

포근한 햇살로 봄철을 느끼게 했던 태양은 다소 햇빛이 강해져 긴팔로 지내기 조금 불편한 계절로 접어들고 있었다.

일단은 5월로 접어들어서 하복으로 바뀔 시기이긴 했지만, 아마네는 반소매 셔츠와 하복 바지를 꺼내는 일이 귀찮아서 뒤로 미루고 있었다.

그러나 아무리 아마네가 다니는 학교의 에어컨 설비가 완벽해도 등하교 때나 교실에서 한 발짝 나갈 때는 덥다고 느끼는 시기다. 아마네의 마음속에서도 슬슬 하복을 꺼낼 때라는 결론이 나왔다.

"슬슬 반팔을 입고 싶은 시기니까요."

내일에는 입어 보려고 옷장 깊숙한 데 넣어 두었던 의류 케이스에서 하복을 꺼내 세탁기에 돌리고 있을 때, 그걸 지켜본 듯한 마히루가 잘 이해한다는 것처럼 고개를 끄덕였다.

덧붙이자면, 마히루도 아직 긴소매 옷에 타이츠까지 다 착용해서 불필요한 노출을 피한 차림새다.

블레이저를 벗고 안에 입었던 스웨터를 조끼로 바꾸기는 했지만, 맨살을 거의 감춘 차림새를 보니 덥지는 않을까 걱정이 될 지경이다.

"요새는 조금 땀이 나는 계절이니까요. 슬슬 저도 긴팔을 졸업할 때일까요. 날씨가 참 더우니까요."

"마히루 넌 옷을 느슨하게 풀거나 하지 않으니까. 단추도 꼭 채우고, 팔을 걷지도 않고, 항상 타이츠를 신으니까……."

"노출하면 시선이 신경 쓰이니까 입을 수밖에 없다고 할까요……. 스스로 몸을 지키는 거니까요."

몸매도 정말 좋고 얼굴도 어지간한 사람은 미인이라고 단언할 만큼 외모가 빼어난 마히루는 사람들의 시선을 항상 고민하고 있다.

어쩔 수 없이 눈길을 끌고, 부적절한 시선도 받기 쉽다. 남자가 매력적인 여자에게 자연스럽게 눈이 가는 것은 이해할 수 있지만, 성적인 의미로 보는 것은 마히루도 참을 수 없겠지.

"여름철에는 어떻게 차려입을지 고민이에요. 작년에는 얇은 스타킹을 신었는데, 더울 때는 더우니까요."

"하긴 그렇겠지. 여자는 남자보다 입는 게 많으니까 더워 보인단 말이지……."

"그야 몸을 지키기 위해서라면 다소 더운 것쯤은 참을 수 있지만…… 땀이 차는 문제만큼은 절실하네요."

이래서 여름은 싫다고 한숨을 쉰 마히루에게 뭐라 대꾸해야 좋을지 고민하다가 결국 입을 다물었는데, 마히루는 신경을 쓰는 기색도 없이 시선을 세탁기로 슥 돌렸다.

"아마네 군은 내일부터 하복인가요?"

"뭐, 슬슬 바꾸려고 해. 더우니까……."

"그렇군요. 저도 슬슬 바꾸려던 참인데요. 학교에 가기 전에 한번 입어 보고 체크할 필요가 있을 것 같아요. 일단 체형은 항상 일정하지만요……."

마히루는 몸매 유지에 매우 신경을 쓰는 듯, 자신이 이상적으로 생각하는 몸매에서 벗어나는 일이 없다……고 할까, 벗어나지 못하게 관리하는 듯하다.

그 강한 의지와 관리력에 경의를 표하면서, 아마네 자신도 마히루만큼은 아니어도 이상적인 몸을 만들어서 유지할 수 있으면 좋겠다고 생각했다. 우선 이상적인 몸을 만드는 것부터 시작해야 하지만.

"나도 한번 입어 보지 않으면 위험할지도 몰라. 입학 때보다 키도 컸고, 안 맞으면 매점에서 사야 하니까."

하복은 고등학교 입학 전에 산 것이라서 2학년이 된 지금은 조금 길이가 안 맞을지도 모른다. 1학년 여름에 입었을 때는 괜찮았고 동복도 탈 없이 입었지만, 길이를 길게 잡았는데도 조금 짧게 느껴졌다.

입학 때보다 5센티미터나 키가 컸으니까 혹시 모른다는 생각도 있다.

빨아서 마르면 입어 보자고 생각하면서 웅웅거리는 소리를 내고 돌아가는 세탁기를 보니까 옆에 있는 마히루가 아마네를 가만히 쳐다보고 있었다.

"아마네 군은 의외로 키가 크네요."

"뭐, 평균보다는 클 거야."

올려다보는 마히루와는 머리 하나 정도는 차이가 난다. 성인 남자의 평균 신장보다 주먹 하나만큼은 크니까 키가 크다는 소리를 들어도 이해할 수 있다.

덧붙이자면, 마히루는 체격이 작은 편이지만 극단적으로 작은 것은 아니라 평균적이다. 마히루와 처음 만났을 때보다는 시선의 높이가 조금 올라갔으니까 자신이 성장했음을 새삼스럽게 느꼈다.

평소에는 마히루의 목에 부담을 안 주려고 조금 떨어져서 이야기하는데, 요새는 손이 닿을 거리에 있는 경우가 많아서 조금은 마히루의 목이 아프지 않을까 걱정되기 시작했다.

정작 마히루는 현재 그런 걱정이 필요 없는지 아마네의 체격을 보고 조금 눈썹을 모았다.

"그런데도 가벼우니까 걱정하는 건데요……."

"그래서 운동해서 근육을 늘리려고 단련 중인데. 애초에 어째서 마히루 네가 내 체중을 아는 거야?"

"쉬는 날에 늦게 일어난 아마네 군이 세면대 앞에서 재는 걸 봐서 그런데요. 잠에 취한 아마네 군을 세면대로 밀어넣은 게 저니까요."

그렇게 말하면 더는 할 말이 없어서 입을 다물 수밖에 없지만, 마히루는 정말 한심하다는 느낌이 섞인 눈빛을 보였다.

"노력하는 거 같으니까 저도 지켜보고 있지만요. 아마네 군은 운동한 뒤에 좀 더 먹어야 해요. 말라서 걱정도 되고, 식사가 몸을 만드는 거거든요? 운동할 거라면 사전에 말해 주세요. 그러면 식단을 바꿀 테니까요."

"정말이지 수고를 많이 끼친다고 할까…… 고마워. 그건 그렇고, 너야말로 가냘파서 뚝 부러질 것 같아 걱정되니까 더 많이 챙겨 먹어."

물론 마히루 덕택에 식사 때 곤란하지 않으니까 감사하고 있다. 근육 단련에 좋은 추가 식사도 준비해 주니까, 마히루 님 만만세다.

다만 아마네는 그러는 마히루야말로 더 많이 챙겨 먹어야 하지 않을까 생각한다. 옷을 입어도 가냘프게 보이니까, 가끔은 만지기만 해도 부러지는 게 아닐까 조마조마할 정도다.

봐서는 원래부터 많이 먹지 않으니까 몸매를 관리하기 쉬운 걸지도 모르지만, 이토록 가냘프면 불안해진다.

"진짜 엄청나게 말랐잖아."라고 쏙 들어간 배를 손으로 잡아 보니 정말로 군더더기가 없는 몸임을 알 수 있지만…… 마히루의 입에서 "하읏." 하고 콧소리 섞인 소리가 들려서 그 생각이 중단되었다.

"아…… 미, 미안해."

"아, 아뇨. 괜찮아요. 괜찮지만, 여자의 배를 너무 만지면…… 콤플렉스를 느끼는 아이도 있거든요?"

"진짜 미안해. 자연스럽게 만져서 미안해. 여자 몸을 멋대로 만지면 성희롱이지, 미안해……."

"저기, 그렇게 말하진 않아도⋯⋯."

사이가 좋아도 남자와 여자니까. 평소에는 적극적으로 접촉하지 않으려고 신경을 쓰는데도 마히루의 옆구리를 그냥 잡고 말았다.

머리나 손이나 어깨가 아닌, 남이 만질 일이 없는 배를.

너무 가냘파서 내장이 어떻게 들어가 있는지 걱정됐지만, 그보다도 멋대로 만진 것을 후회했다.

"그렇게 심하게 신경 쓰는 것도 아니에요. 아마네 군은 저 말고는 이러지 않잖아요?"

"애초에 이런 이야기는 마히루가 아니면 안 하고, 다른 여자랑 접할 기회도 없어. 친하지도 않은 여자를 멋대로 만질 리가 없잖아."

있다고 치면 치토세 정도인데, 치토세도 마르긴 했어도 굳이 말하자면 건장한 운동선수 체형으로 딱 조여진 몸이라서 아름다움을 추구하는 마히루와는 전혀 다르다.

애초에 당연한 일이지만, 치토세의 몸을 만지는 일 자체가 생기지 않는다. 머리를 살짝 쥐어박는 정도는 전혀 없다고 말할 수 없지만, 섣불리 몸을 만지는 일은 없고 할 생각도 없다.

"그러면 됐어요."

그 대답에 만족한 듯 끄덕인 마히루는 복수라는 듯 아마네의 배에 "에잇." 하고 손바닥을 올리고 옷 위에서 만지고 있다.

마히루의 배를 만진 직후니까 뭐라고 따질 생각은 없지만, 너무 만지면 간지럽고 자신의 몸이 부끄러워진다.

식생활이 개선되면서 마히루와 만나기 전보다는 건강한 몸이 됐지만, 아마네가 이상적으로 생각하는 근육이 몸에 붙으려면 아직 멀었다.

마히루에게 말라서 걱정된다는 말을 들은 것이 은근 충격이 크니까, 몸에 더 근육이 생기게 잘 먹고 운동해야 하리라.

"마히루 넌…… 조금 더 듬직한 게 좋을 것 같아?"

"듬직한 게 좋다고 할까요. 기본적으로 체형은 남자든 여자든 건강한 느낌이 바람직하다고 봐요. 그리고 강요할 생각은 없고, 여자 시점의 아주 개인적인 의견인데요. 여자는 너무 날씬한 남자와 나란히 있으면 기죽을 수 있으니까요. 빼빼 마른 것보다는 적당히 살이 있고 적당히 키가 큰 게 좋을 것 같아요."

"그렇구나……."

"아, 아마네 군은 별로…… 너무 마른 정도는 아니거든요? 하지만 조금만 더 챙겨 먹는 게 건강에 좋지 않을까 싶어서요. 남자 고등학생치고는 잘 먹는 타입이 아니니까요. 그러는 아마네 군은, 저기, 여자는…… 날씬한 게 좋나요?"

"여자의 몸매 이야기를 했다간 좋은 꼴을 못 봐."

무심코 곧바로 심각한 얼굴로 대꾸했는데, 아마네는 이게 남자들이 공통으로 가져야 할 인식이라고 생각한다.

부모님 모두 '입 밖으로 꺼냈다간 자칫하면 피를 본다.' 라고 입을 모아 말했기에, 아마네도 다른 사람에게 몸매가 어떠니 하는 소리를 하는 것을 최대한 피하고 있었다.

딱 잘라서 말하는 아마네를 보고 마히루도 "그렇군요……."

라며 잘 이해한 듯이 시선을 어딘가 먼 곳으로 돌리는 걸 보니, 여자라도 뭔가 짚이는 바가 있는 거겠지.

"뭐, 적당한 게 좋지 않겠어? 너무 마르면 성장 불량이나 영양 부족을 걱정할 테니까. 근육과 지방이 알맞게 있는 게 봐도 안심할 수 있어."

"그건 남자의 시점이 아니라 보호자의 시점 아닌가요……?"

"네가 할 소리야?"

"그건 그렇지만요."

마히루도 굳이 말하자면 어머니 시점에서 말하니까, 아마네에게 보호자 시점이니 뭐니 해도 별로 설득력이 없을 것 같다.

"걱정하지 않아도, 마히루는 체중 조절에 힘쓸 필요가 없을 거야."

"정말로요?"

"어디서 더 살을 빼게? 네가 생각하는 이상적인 몸이 되어서 유지하는 거잖아? 남이 뭐라고 따질 일도 아니니까, 마히루 네가 가장 자신감이 생기는 모습이 좋다고 봐. 나로선 너무 마르면 불안해지니까 지금 이대로 있어 주면 좋겠지만."

지금도 가냘픈 마히루가 더 마르면 걱정할 테니까, 마히루가 지금 몸이 좋다면 그걸로 됐다고 생각한다. 더 마르고 싶다고 하면 말리겠지만.

"물론 몸매를 유지하는 게 어려운 건 아니니, 건강만 해치지 않으면 괜찮다고 봐."

"네……."

고개를 딱 끄덕인 마히루와 장단을 맞춘 듯, 계속해서 돌아가던 세탁기가 크게 덜컹거렸다.

"안녕하세요."

이튿날 아침. 아마네가 일어나서 방에서 나오자 마히루가 있었다.

잠시 뒤돌아서 침실 시계를 봤지만, 아침 준비 시간이라서 아직 집을 나설 시간대가 아니다.

평소 마히루는 아침 시간대에 거의 찾아오지 않는다. 기본적으로는 없다고 해도 과언이 아니니까, 아마네는 잠이 덜 깬 머릿속으로 혼란에 빠졌다.

"안녕······?"

여벌 열쇠도 줬고 편할 때 와도 좋다고 했지만, 아침부터 마주칠 줄은 몰랐다.

당혹스러워서 의문형으로 아침 인사를 건네자 마히루가 온화하게 미소를 지었다.

"저기, 아침부터 실례인 줄은 잘 알지만······ 집을 나서기 전에 확인을 받고 싶어서요."

"확인을?"

그때 마히루를 다시 보고, 평소보다 피부 노출이 많아진 것을 깨달았다.

"하복으로 바꿨는데요. 이상한 데는 없나요?"

"아아, 하복······ 아, 저기, 그게."

"네."

"맨다리는 좋지 않다고 봅니다."

하복은 당연히 반소매니까 노출도 늘어나지만, 이번에는 그런 차원의 문제가 아니다.

시선을 내리고 보니 새하얀 허벅지가 치마 밖으로 보였다.

교복은 물론이고 사복일 때도 긴 치마와 타이츠를 입으니까 평소에는 정말로 구경할 일이 없는 맨다리가 보인다.

교칙은 지켜서 극단적으로 짧지 않고 속옷이 보이는 길이도 아니지만, 그래도 바로 노출되는 일이 거의 없던 맨다리가 바깥으로 드러나서, 아마네는 알기 쉽게 당황하고 시선을 이리저리 돌리고 말았다.

"학교에선 타이츠를 신는 여자가 더 적은데요."

"그야 그렇겠지만. 마, 마히루는 안 돼. 좋지 않아."

"그건 다리가 보기 흉하다는 뜻인가요?"

"그게 아니라, 함부로 막 보여서는 안 된다고 할까. 나, 남자들이 시끄러울 테고, 뚫어지게 볼 테고, 그러면 좋지 않아, 않을 것 같아."

애초에 어제는 검정 스타킹을 신을까 말까 하는 이야기를 했으니까, 설마 방어구를 장비하지 않고 올 줄은 미처 몰랐다.

너무 하얗고 눈부셔서 똑바로 볼 수 없다.

"아마네 군은 뚫어지게 안 볼 거예요?"

"그렇게 보면 실례잖아!"

"발을 삐었을 때는 봤죠?"

"흑심은 없었고, 비상사태였고, 다리에 블레이저를 걸쳐 줬잖아!"

그야 쪼그러서 맨다리를 봤지만, 안 보이게 블레이저로 가렸고 이상한 데를 안 보려고 발목 응급처치에만 전념했으니까 마히루의 다리를 구경하거나 그러진 않았다. 인간적으로 그래선 안 된다고 아마네도 잘 알고 있었다.

"그렇다면 지금은 흑심이 있나요?"

"없어…….."

"말을 흐리는 게, 이상하네요."

"없어!"

"너무 소리치지 마세요. 놀려서 미안해요. 아마네 군이 불건전한 눈으로 보지 않는다는 것쯤은 처음부터 알고 있어요. 그저 어딜 봐야 좋을지 몰라서 쩔쩔맨다는 것도."

"알면 이렇게 따질 필요도 없었잖아…….."

"아뇨. 저한테는 필요했어요. 가슴이 두근두근 뛴 것 같아서 다행이네요."

"그건 심장에 해롭다는 의미잖아."

아무래도 마히루는 아침부터 깜짝 장난을 감행하고 싶었던 듯하다.

마히루의 의도가 그대로 놀아난 것을 통감하면서 원망스럽게 보지만, 장난의 실행범인 마히루는 우아함을 남기면서 재미있는 듯이 미소를 짓고 아마네를 보고 있다.

"안심하세요. 스타킹은 잘 챙겼으니까요. 처음부터 신을 생각이었어요.”

“너 진짜.”

이건 무조건 놀리려고 온 거라고 깨달은 아마네는 작게 신음하고, 이어서 조금 앙갚음하고자 즐거운 기색을 드러낸 마히루의 캐러멜색 눈을 바라봤다.

“나한테는 보여줘도 좋은 거야……?”

“네?”

의표를 찔렀을까. 아마네는 놀라는 마히루에게서 시선을 떼지 않고 계속 말했다.

“일부러 이렇게 맨다리를 나한테 보여주는 건, 나한테는 맨다리를 보여줘도 좋다고 생각해서 그런 거야?”

“그건…… 아마네 군이라면, 딱히 보여도.”

“아무렇지도 않으시다?”

“아무렇지도 않은 건, 아니지만요.”

약간 말을 더듬거리는 마히루를 보고, 아마네는 한숨을 슬쩍 흘렸다.

“그렇다면 보이지 마. 그런 건 보이고 싶은 사람한테만 보여줘야 하잖아.”

좋아하는 여자애가 평소 보이지 않는 모습을 봐야 하는 자신의 처지도 생각해 주길 바란다고, 본인에게는 절대로 말할 수 없는 생각으로 아침부터 지친 아마네를 보고, 마히루가 머뭇머뭇 아마네의 잠옷 자락을 잡았다.

“보, 보여주고 싶어서…… 보여주러 왔다고, 한다면요?”

수치심이 섞여서 떨리는 듯 가녀린 목소리.

　아주 조금 촉촉해진 눈으로 쳐다보자, 이번에야말로 아마네는 딱딱하게 굳었다.

　"아마네 군의 반응을 보고 싶었어요. 안 된다……는 말밖에 듣지 않았는데요."

　조금 풀이 죽은 듯이 중얼거린 마히루의 말에, 아마네도 황급히 고개를 저었다.

　"그, 그야, 안 되지. 그야, 뭐라고 할까, 위험하다고 할까…… 내 시선의 문제가……."

　"안 어울리나요?"

　그 말을 듣고 아마네는 조금 주저하듯 시선을 마히루의 옷으로 돌렸다.

　반듯하게 다림질한 반소매 블라우스와 치마로 몸을 감싼 마히루는 우아함과 청초함을 남기면서도 평소보다 조금 활발한 분위기가 났다.

　목 아래까지 딱 여민 단추와 리본은 본인의 성실함을 여실히 드러냈다.

　좋아하는 여자애의 굴곡이 드러난 몸을 조금만 더 감췄으면 좋겠지만, 하복이니까 이것만큼은 어쩔 수 없다.

　이상적이라고 할 수 있는 매끈한 다리에 눈이 가지 않게 하면서 한차례 전체를 본 아마네는 조금 고민하고 나서 천천히 입을 열었다.

　"정말 귀엽고 잘 어울리니까, 한시라도 빨리 스타킹을 신어 주세요."

"네."

칭찬할 때도 주의를 기울여 짧게 쥐어짠 찬사에 만족했는지, 마히루는 살포시 웃고 고개를 끄덕였다.

그 웃음을 보고 한순간 말문이 막힌 아마네는 마히루가 알아차리기 전에 고개를 홱 돌려서 시선을 세면대로 옮겼다.

"다음에는 나를 놀리지 마. 세수하고 옷 갈아입고 올 테니까, 그때까지 집을 나가든지 옷차림을 고치든지 해 줘."

왠지 모르게 평소보다 빨리 말하고 세면대로 후다닥 이동하는 아마네의 뒤에서 작게 웃는 소리가 들렸다.

아마네가 아침 몸단장을 마치고 거실로 가자 검정 스타킹과 조끼를 장비해서 방금 봤던 것은 대체 뭐였냐고 따지고 싶을 만큼 완전무장한 마히루가 소파에 다소곳이 앉아서 기다리고 있었다.

무심코 기운이 쏙 빠진 것도 어쩔 수 없으리라.

"처음부터 그런 차림을 보여줬으면 내 심장도 평화롭고 순순히 칭찬했을 텐데."

"잘됐네요. 특별하니까요."

미안한 기색도 없이 미소를 짓는 마히루 때문에 조금 부아가 나서 다가가 볼을 잡았는데, 마히루는 그래도 기쁜 듯이 웃음을 감추지 않았다.

"저는 먼저 학교에 갈게요."

방문한 김에 아마네의 아침밥도 차린 마히루는 아마네가 밥을 다 먹은 타이밍에 자리에서 일어났다.

비위를 맞추려는 건지 달걀 프라이도 만들어 줘서, 나도 참 속 물 같다는 생각을 하면서도 평소 기분으로 돌아온 아마네는 마히루를 배웅하려고 현관으로 따라갔다.

어차피 같은 통학로를 지나서 같은 장소에 가는데 따로따로 움직이는 것은 참 바보 같지만, 함께 등교할 수도 없으니까 이렇게 시간 간격을 두고 갈 수밖에 없다.

"이따 학교에서 봐."

평소처럼 의심받지 않을 정도로 시간을 띄워서 등교하려는 아마네는 마히루가 미묘하게 못마땅한 표정인 것을 알아차리고 고개를 갸우뚱했다.

"왜 그래?"

"언젠가…… 함께 갈 날이 올까 싶어서요."

"시선 때문에 내가 죽을걸."

요새 마히루와 접할 일이 많아져서 같은 반 아이들도 어느 정도는 익숙해진 것 같지만, 그대로 부러운 눈으로 보는 데다 다른 반 학생은 평범하게 노려보는 일도 있다.

너무 공격적인 시선을 자꾸 받으면 질리는데, 등하교를 함께 하면 지금과는 비교도 안 될 만큼의 시선이 쏠릴 것이다.

"그 정도는 예상할 수 있어요. 제가 뿌린 씨앗이라곤 하지만, 이러면 참 곤란하네요. 숨 돌릴 여유도 없어요."

"그야 친구랑 같이 걷기만 해도 같은 학교 아이들이 소란을 피우는 건 마히루 네가 봐도 견디기 어려울 테지."

"소란을 피우든 말든 다른 사람은 안중에도 없지만, 아마네 군이 곤란하니까요. 신경이 안 쓰인다면 함께 갈 테지만요."

"확정인 거야……?"

"시간이 맞는다면 말이지만요. 일부러 시간을 늦추는 것도 귀찮고, 오늘 같은 날에 간격을 두는 건 효율이 낮아요. 게다가 곁에 친한 사람이 있으면 등하교도 더 즐거울 거잖아요? 혼자서 묵묵히 걷는 것보다, 친한 사람과 사이좋게 걷는 게 더 좋으니까요."

"그건 그렇겠지만."

"그렇죠? 하지만 현실은 마음대로 되지 않는 법이네요."

지친 듯 한숨을 크게 쉰 마히루는 한차례 머리를 흔들어 생각을 떨쳐냈는지 평소처럼 우아하게 미소를 지었다.

"저는 이만 가 볼게요. 가장 먼저 아마네 군한테 하복 차림을 보여주고 싶었으니까, 보여서 다행이에요."

아무렇지도 않게 마음을 크게 뒤흔드는 말을 꺼낸 마히루는 아마네가 굳은 것을 보고 이상하다는 듯이 눈을 깜빡였지만, 그대로 현관문을 열었다.

"갈게요. 아마네 군도 지각하지 않게 오세요."

마히루가 생긋 웃고 문밖으로 빠져나가자, 아마네는 잠시 복도 벽에 머리를 대고 나서 다시 세수나 할까 진지하게 고민했다.

마히루보다 늦게 집을 나서서 학교에 도착해 보니, 당연하다고 할까 새로운 옷차림으로 온 마히루의 주위에 사람들이 몰려 있었다.

기온도 올라가고 있으니까 하복으로 넘어가는 중간 시즌인데도 반소매 차림의 학생들이 늘었다. 다만 마히루는 화사한 외모와 가벼워졌다고는 하나 엄중하다고도 말할 수 있는 하복 조합이 가장 눈길을 끌었다.

더군다나 치토세가 자리에서 "더워 보이네."라면서 마히루의 머리를 모아서 포니테일 모양으로 만들었기에 평소 보지 못하는 마히루의 머리 모양이 주목도를 올리고 있다.

아마네로선 저런 머리 모양은 목 뒤가 보여서 별로 시키고 싶지 않다.

마히루가 머리 모양을 어떻게 하든 본인의 자유이긴 하지만, 좋아하는 여자애의 무방비한 모습은 남들에게 보이고 싶지 않았다.

(내 여자도 아닌데 이런 식으로 생각하다니 말이야…….)

애인도 아니면서 그러한 독점욕 비슷한 것이 슬쩍 보여서 자기 자신이 싫어질 것 같다.

"이상하게 언짢아 보이는데……?"

"기분 탓이야."

이상하게 감이 좋은 이츠키가 아마네의 얼굴을 봐서 모르는 척 흘려넘기자, 이츠키는 왠지 마히루를 본 다음에 다 이해했다는 듯이 고개를 끄덕였다.

그 표정이 참 흐뭇한 기색이라고 할까, 그보다는 히죽히죽 웃는 느낌이라서 아마네가 짜증이 난 것은 두말할 것도 없다.

제10화

천사님의 시선과 아마네의 분투

"아마네, 패스! 패스!"

"넌 진짜 컨트롤이 꽝이잖아."

체육대회가 약 한 달 뒤로 다가온 지금, 체육 시간을 느긋하게 보내고 있었다.

작년 경험으로 봐서 일주일쯤 지나면 팀 편성을 발표하고 학교 전체가 준비에 들어갈 테지만, 지금은 아직 정상 수업이다.

농구부가 가져온 농구화 소리가 크게 울리는 것을 들으면서, 아마네는 장난으로 대충 던져서 공을 벽으로 날린 이츠키를 째려보고 굴러간 공을 쫓아갔다.

오늘은 농구를 하는 날이라서 슛 연습을 하던 참이다. 경기는 후반에 한다고 하는데, 농구를 잘하지 못하는 아마네도 골대에 공을 던지는 작업은 싫지 않았다.

벽에 부딪혀 속도가 줄면서도 데굴데굴 도망치는 낡은 갈색 공을 쫓아가면서 네트로 나뉜 저 너머의 공간을 슬쩍 봤다.

체육관을 반으로 분단하듯 친 네트 저편에는 여자들이 배드민턴을 하고 있다. 오늘은 여자들이 야외 수업이었을 텐데, 갑자기 비가 오는 바람에 체육관을 반씩 나눠서 체육 수업을 진행하고 있다.

여자들도 별로 진지하지 않고 화기애애한 분위기로, 아마네는 어쩌다가 근처에 있던 여학생이 라켓으로 셔틀콕을 가볍게 받아치는 것을 힐끗 보고 공을 잡아서 원래 자리로 돌아갔다.

일일이 마히루가 있는 곳을 볼 수도 없고, 그게 들켜서 '역시 후지미야도 천사님을 좋아하는 거잖아.'라고 주위 아이들이 수군거리는 상황도 피하고 싶다.

실제로 좋아하긴 하지만, 본인이 들으면 곤란할 테고 친하지도 않은 반 아이들에게 알리고 싶은 마음도 아니므로, 속에 감추고 싶다.

"너도 참 이상한 데로 던지지 마. 여자들 쪽에 들어가면 가지러 갈 때 거북하잖아."

"워워. 너무 따지지 마."

실실 웃는 이츠키의 배를 노리고 조금 세게 던졌는데, 운동을 못 하는 것도 아닌 이츠키는 웃으면서 그대로 공을 받았다. 아마네는 작게 한숨을 쉬면서 바구니에서 새 공을 꺼냈다.

이런 체육 수업에서는 운동부가 의욕을 드러낼 때가 많다. 이번에는 특히나 전공자인 농구부가 제 세상을 만난 것처럼 기운이 넘쳤다.

아마네는 굳이 따지자면 경기 형식은 별로 좋아하지 않아도 슛 연습은 의외로 좋아하는지라 체육 교사에게 성실하게 임하고 있음을 알리는 겸 골대에 공을 던졌다.

포물선을 그리며 날아가는 공이 백보드에 맞았다가 골 바스켓

안으로 들어가서, 아주 조금 만족스러운 기분으로 떨어진 공을 회수했다.

"너는 이런 걸 잘한단 말이지. 경기 때는 의욕이 없어서 망하지만. 좀 애써 보라고."

"말이 많네. 애초에 순수한 실내파 귀가부 인간에게 경기 활약을 기대하지 마. 어떻게 봐도 운동부가 활약할 게 뻔하잖아."

"뭐, 그러지 말고. 자, 가끔은 말이야. 그 사람에게 멋진 모습을 보여줘도 괜찮지 않을까."

그 사람이 누굴 가리키는 말인지는 알지만, 순순히 긍정할 수가 없다.

"그렇게 쓸데없는 참견은 됐고, 애초에 걔는 내가 운동이 별로인 것과 그다지 멋지지 않다는 것도 잘 안다고."

"너는 왜 그런 걸로 역정을 내는 건데."

"이 상황에서 활약하는 게 얼마나 어려운지 너도 알잖아."

남 일처럼 태연하게 말하는 바람에 인상을 구기고 쳐다보자, 이츠키가 낄낄 웃었다.

"뭐, 그러지 말고. 찬스라면 있어."

"없어. 시험 삼아서 네가 해 봐."

"어? 무리, 못 해. 난 별로 잘하지도 못하는걸."

"그러면서 나한테 하라고 말할 처지야?"

자신이 못 하는 일을 남에게 쉽게 요구하지 말라고 턱을 아래에서 꽉 잡고 볼을 조여주자, 이츠키는 "미안해, 미안하다고." 라고 웃으면서 시선을 네트 너머로 돌렸다.

"하지만 여길 보는데 말이지."

"뭐?"

시선을 따라서 고개를 돌리니 차례를 기다리는 듯한 마히루가 여기를 보고 있다. 구경하고 있다는 표현이 정확하겠지만, 아무튼 이쪽을 보고 있었다.

심심풀이 삼아 주변을 둘러본 거겠지만, 쳐다보면 갑자기 거북해진다.

입술을 굳게 다문 아마네에게, 이츠키는 "애써야겠지?"라고 남 일처럼 속삭이더니, 체육 교사의 호루라기 소리를 듣고 아마네를 잡아당겼다.

후반부터는 경기 형식으로 반을 두 팀으로 나누고, 다른 반과 시합하는 형태로 진행한다.

아마네와 이츠키는 두 번째 시합에 나가게 되어서, 남은 인원으로 방해가 되지 않게 단상에 올라가 걸터앉았다.

먼저 시합을 시작하는 팀에 들어간 유타의 멋진 모습을 둘이서 구경하는 셈인데, 농담이 아니라 정말로 멋진 활약을 보여주고 있다.

"카도와키는 왜 농구부 애들하고 맞먹는 건데……."

상대 팀에는 현역 농구부가 있는데, 대등하다고 봐도 좋을 만큼 잘 움직이고 있다.

보통은 운동부라도 농구부의 움직임은 따라잡을 수 없다.

달리는 속도만 보면 육상부가 유리할지도 모르지만, 드리블과 이동의 완급 조절, 슛과 자세 등, 농구부는 농구라는 종목에 특화된 움직임을 익히는 것이다.

당연히 농구부가 유리해서 짓밟히는 게 아니냐고 생각했는데, 유타는 그 예상을 간단히 뒤집고 계속해서 슛을 성공시키고 있었다.

"뭐, 유타는 운동을 위해 태어난 사람이라고 할까. 뛰는 걸 좋아하니까 육상부인 거지 대체로 뭐든지 높은 수준에서 잘하니까."

"그게 뭐래. 무서워라."

"어머니가 스포츠 트레이너인가 그렇다나 봐. 누나들도 스포츠 분야로 진출한 사람이라나 뭐라나."

"영재 교육의 산물이잖아."

유타는 누나들을 조금 거북해하는 것 같았는데, 지금 이야기를 들으면 스파르타 교육을 받은 탓이 아닐까…… 하는 생각이 든다.

그렇게 이야기하는 동안에도 유타는 코트를 누비며 상대를 희롱하고 있다. 자신이 슛을 던질 때도 있고, 미끼가 되어서 같은 팀이 골을 노리게 유도하는 등, 한쪽에 치우치지 않는 전략을 취하고 있었다.

"우오오오오! 카도와키를 마크해!"

"밀어! 밀어!"

"쟤가 활약하게 두지 마!"

"저것들 원념이 엄청나게 서리지 않았어?"

"이럴 때 폼을 못 잡으면 진짜 농구부 체면이 말이 아니니까."

상대 팀의 우렁찬 함성을 들으면서 어이없다는 듯이 보자, 네트 너머에서 여자들이 유타를 응원하는 소리가 들려왔다.

저쪽도 시합을 시작한 듯, 남은 여자들이 견학하러 네트 쪽으로 와 있었다.

더욱 알기 쉽게 힘을 내는 남자들을 보고 "잘하네."라고 감탄한 듯이 중얼거리자, 왠지 모르게 이츠키에게 등짝을 맞았다.

결국 첫 번째 시합은 아마네의 반이 승리했고, 아마네는 유타의 무시무시함을 통감하면서 단상에서 뛰어내렸다.

그리고 받은 팀 구별용 상의를 걸치면서 귀찮다는 표정도 숨기지 않은 채 코트에 들어섰는데, 문득 네트 근처에 있는 마히루와 눈이 마주쳤다.

평소 천사님의 미소와는 다른, 은은한 웃음이 떠오른다.

언제나 집에서 아마네에게 보여주는, 마히루 본연의 부드러운 웃음이다.

눈가에 친근함을 담은 마히루는 그대로 손을 작게 흔들어서 천천히 입술을 움직인다.

『힘내요.』

소리는 안 나도 확실히 그렇게 들린 것 같아서, 아마네는 도저히 얼굴을 똑바로 볼 수 없어진 나머지 고개를 확 돌렸다.

돌아본 곳에 이츠키의 얼굴이 있었던 것은 아마네의 실책일 것이다.

"애쓸 마음이 생겼어?"

"시끄러워."

뭐든지 다 들여다본 것 같아서 화풀이하듯 대꾸했더니, 더는 참을 수 없는지 이츠키의 시원한 웃음소리가 들렸다.

"죽겠다……."

오랜만에 진지하게 농구 경기에 임해서 기력을 다 방출하는 바람에, 아마네는 숨을 헐떡이면서 쪼그려 앉아 신음했다.

심장이 요란하게 뛰고 있다.

요새 운동량을 늘렸다고는 해도 이렇게 전력을 다할 기회는 없었고, 지금껏 격한 운동은 해 본 적이 없다. 다른 사람들과 겨루는 시합이라는 점도 맞물려서, 아마네는 정말로 기진맥진한 상태였다.

콜록콜록 기침하면서 천천히 숨을 고르려고 했지만, 마구 날뛰는 심장이 도무지 얌전해질 기미를 보이지 않는다.

시합 중에 사고가 나서 세게 넘어지는 바람에, 부딪힌 몸도 아프고 호흡도 고를 수 없어서 꽤 혹독한 경험을 했다.

자꾸 필사적으로 뛰지 않으려고는 했지만, 딱 봐도 너무 노력한 거겠지.

(참 한심한 꼴을 보인 것 같은데.)

마히루가 볼 때 넘어져서, 나중에 교실에서 얼굴을 보기가 우울했다. 이래서는 멋진 모습은 고사하고 한심한 모습밖에 보이지 않았을 것이다.

"아마네, 괜찮아?"

© Hanekoto

시합 후 인사를 마치고 쪼그려 앉은 아마네에게, 아무래도 힘들어 보인다고 생각한 이츠키가 몸을 숙이고 상태를 물어봤다.

"괜찮지만…… 내일은 확실하게 근육통이 오겠어."

"하하, 그건 운동을 너무 늦게 시작한 탓이지."

놀리듯이 말하면서도 등을 쓸어 주는 이츠키에게 조용히 고마워하면서 심호흡하다 보니 심장이 차분해지기 시작했다.

몸은 뜨겁고 부딪힌 데가 아프지만, 진심으로 농구 시합을 뛴 것은 후회하지 않는다. 가끔은 이래도 좋겠지 싶기도 해서, 자신답지 않다고는 생각하지만.

나중에 얼굴을 식히러 가자고 다짐하고, 아마네는 다시 크게 숨을 들이마셨다.

수업이 끝나고 옷을 갈아입은 뒤, 아마네는 체육관 쪽에 있는 수돗가에서 얼굴을 씻었다.

체육 수업 다음은 점심시간으로, 모두가 '배고파'라고 말하며 옷을 갈아입은 다음 곧장 나가서 아마네가 있는 곳은 조용했다.

이츠키와 유타와는 식당에서 합류하기로 했는데, 마히루와 얼굴을 마주치는 게 부끄러워서 물을 오래 얼굴에 적셔 억지로 식히려고 했다.

씻다 보니 머리까지 젖었지만, 땀이 축축해서 씻어내기에는 딱 좋으리라.

(보는 앞에서 넘어졌으니까 말이지.)

하필이면 마히루가 있는 근처에서 성대하게 넘어졌다.

그때 마히루의 표정을 떠올리고 떫은 표정을 지었는데, 뒤에서 작은 발소리가 들렸다.

　"괜찮아요?"

　귀에 익숙해도 지금은 거부하고 싶은 목소리가 들려서, 아마네는 씻는 것을 천천히 멈추고 고개를 들었다.

　한심한 얼굴을 보이기는 싫어서 입술을 꾹 깨물고 심호흡한 다음, 어떻게든 수치심 때문에 도망치고 싶어지는 마음을 꾹 참으면서 젖은 피부에 달라붙은 머리카락을 떼어내듯 쓸어 올리면서 뒤돌아봤다.

　"옷도 다 갈아입고 여긴 무슨 일로 왔어? 점심은 안 먹어?"

　태연한 척하면서 뒤돌아봤더니 왠지 모르게 마히루가 동요하고 있었다.

　"아, 저기, 그게 말이죠. 넘어졌으니까, 괜찮은지 걱정이 되어서…… 아카자와 씨가, 여기 있다고 말해 줬거든요."

　"이츠키……. 걱정하지 않아도 돼. 조금 부딪혔을 뿐이야."

　시선을 이리저리 돌리면서 말을 꺼내는 마히루는 천사의 가면이 조금 벗겨진 것 같은데, 그 이유를 몰라서 아마네도 당혹스러웠다.

　보는 앞에서 넘어졌을 때도 동요했는데, 이번에는 그것과 다른 느낌으로 동요하는지라 고개가 절로 기울어진다.

　"시이나?"

　"아뇨. 별거 아니니까 신경 쓰지 마세요. 그리고 후지미야 씨는 그 포즈가 반칙이니까 그만둬 주세요."

"무슨 뜻이야?"

"아무튼 안 돼요."

마히루는 종종 이해할 수 없는 것을 지적할 때가 있다. 다시 고개를 갸우뚱하자, 마히루는 대답하려고 들지 않고 헛기침을 해서 마음을 바로잡은 듯 아마네를 바라봤다.

"아까…… 우리를 감싸려고 했죠?"

"어쩌다가 네가 거기 있었던 거야. 없어도 잡았을 거라고, 그건."

아까 체육 수업 때는 여자들도 응원차 얼굴을 내비쳤는데, 네트가 완전히 차단하지 못하는 바람에 하마터면 여자들 얼굴로 꽤 빠른 공이 날아갈 뻔했다.

체육 시간에 넘어진 것은 네트 사이로 공이 빨리 날아간 것을 아마네가 아슬아슬하게 잡았기 때문이다.

그렇다고 해서 고마워하길 바란 것은 전혀 아니니까, 넘어진 아마네로선 그냥 무시해 주는 것이 더 고맙다.

"내가 그냥 혼자 넘어진 거니까, 웃고 넘어가면 되는데."

"그럴 수 없어요. 정말로 감사해요. 그건 그렇고, 그렇게 무리하지 말았으면 좋겠는데요."

"어쩔 수 없잖아."

고개를 돌리고 미리 준비한 수건으로 얼굴을 닦자 정말 못 말리겠다는 눈으로 마히루가 아마네를 쳐다봤다.

"멋지긴 했지만요……. 집에 가면 부딪힌 데를 꼭 보여주세요, 아마네 군."

이 거리에 있는 아마네만 들릴 정도로 작은 목소리로 놓치지 않겠다는 듯이 말하는 마히루에게, 아마네는 고개를 끄덕이지 않고 눈을 돌린 채 "싫은걸." 하고 도망치듯 중얼거렸다.

당연히 그게 허락될 리가 없어서, 집에 가니 마히루가 가타부타 따지는 것도 용서하지 않을 기세로 셔츠를 벗기고 응급처치를 했다.

그런 다음 마히루는 반라를 강요한 사실을 깨닫고 얼굴을 붉히더니, 한동안은 눈을 마주치려고 하지 않았다.

제11화 　천사님이 터뜨린 충격

　시험지 반환과 결과 발표가 끝나고 동아리 활동도 재개하면서 가까운 이벤트가 약 3주 뒤에 있을 체육대회만 남은 2학년들은 일단 침착한 분위기였다.

　시험 성적에 따라선 보충수업이, 과목에 따라서는 추가 시험이 있거나 하지만, 아마네는 전부 통과했기 때문에 아무런 문제도 없이 아주 짧게나마 평화로운 시간을 보내고 있었다.

　"나는 편한 시간이 별로 없지만. 동아리 활동이 있고, 전국대회를 대비해서 연습도 해야 하니까."

　방과 후에 유타에게 그런 말을 했더니 씁쓸하게 웃으면서 대꾸했다.

　1학년 때부터 이미 육상부의 에이스로 불리던 유타는 감독과 코치들에게 기대를 받는 듯, 그 기대에 부응하고자 노력을 빼먹지 않는다.

　유타는 아마네를 겸허하다고 말한 적이 있지만, 아마네가 봤을 때는 유타가 훨씬 더 겸허하다. 그 끝없는 노력이 있기에 인망이 있고 인기가 많다고 생각한다.

　"그렇구나. 아직 시간이 있다고 해도 성과를 내보여야 하는 시기가 정해져 있으니까."

"응. 지금부터 타임을 꾸준히 단축해 나가야 할 거야. 달리는
건 좋아하니까, 시간에 여유가 조금 부족해도 상관없지만."

"괜찮아? 육상부는 힘들 거 같은데."

"그럴까? 우리 육상부는 스파르타라고 할 정도는 아니야. 우
리 코치도 '무조건 뛰면 된다. 노력한 만큼 결과가 나온다' 는
식으로 생각하진 않으니까. 쉴 때는 쉬고, 연습할 때는 연습한
다는 식으로 딱딱 구분하기도 하고."

"아하…… 나는 무작정 열혈 동아리인 줄 알았어."

"근성과 기합도 필요하긴 하겠지만, 그 에너지를 쓸 때를 가
리지 않는 활동이라면 아마도 그만뒀을 거야. 달리는 건 어디서
든 할 수 있으니까, 실제로 시라카와는 그렇게 생각하고 그만둔
거니까."

"그러고 보니 같은 중학교 출신이라고 했지……?"

"맞아. 아마 후지미야가 깜짝 놀랄 만큼, 이츠키와 시라카와
도 완전 다를 거야."

그러고 보니 예전에 치토세는 중학교 시절과 성격이 많이 달
라졌다는 식의 이야기를 들은 적이 있는데, 당시를 모르는 아마
네는 도무지 상상할 수 없다.

지금처럼 밝고 분위기를 잘 띄우는 두 사람밖에 모른다.

본인들이 말하고 싶어하는 화제도 아닌 것 같아서 자세히 물
어보지는 않았지만, 유타가 이렇게 말할 정도면 많이 변한 거겠
지.

다만 궁금한 한편으로 두 사람이 싫어하지 않을까 하는 걱정이 얼굴에 드러난 듯, 유타가 "나는 말하지 않겠지만, 두 사람은 언젠가 말해 주지 않을까."라고 부드럽게 말했다.

억지로 캐물을 생각은 없으니까, 아마네는 그 말에 고개를 끄덕였다. 이츠키가 아마네의 사정에 파고들지 않는 만큼, 아마네도 괜찮다고 여길 때까지 두 사람의 과거를 건드릴 생각이 없었다.

"뭐, 이야기를 되돌리자면 말이야. 생각도 없이 달리기만 한다면 그저 근육을 혹사한 끝에 일사병에 걸릴 뿐이야. 게다가 나한테는 육상이 청춘이지만, 육상만이 청춘인 건 아니고. 그러니까 지금의 육상부는 있기가 편해서 참 좋다고 봐."

놀라울 정도로 상큼한 미소를 짓는 유타가 눈부시게 보여서 아마네가 눈을 가늘게 떴더니, 유타는 미묘하게 부끄러워졌는지 조금 쑥스러워하는 웃음을 지었다.

"뭐, 이제 내 이야기는 됐지? 오늘은 동아리 활동을 잊자고, 쉬는 날이니까."

"카도와키 네가 먼저 꺼낸 말인데."

"그야 그렇지만, 됐어. 자, 가자."

노골적으로 화제를 돌리려고 하는 유타를 보고 슬쩍 웃고, 아마네는 같이 교실을 나섰다.

덧붙이자면, 이츠키는 치토세와 오늘 '보충수업 없다 아싸! 데이트'를 하러 간다는 듯, 먼저 학교를 떠나고 말았다. 마침 동아리 활동을 쉬는 날이라고 하는 유타와 기왕이면 어디라도 들렀다가 가자는 이야기가 나와서, 이렇게 방과 후 가볍게 수다를 떤 다음에 하굣길에 놀러 가기로 했다.

그대로 복도를 걷다 보니 익숙한 황갈색이 복도 끝에 보였다. 이런 시간에 남아 있어서 참 신기하다고 생각하고 자세히 보니, 뭔가 두 손으로 대량의 프린트를 안고 있었다.

"시이나, 뭐 해……?"

"아, 후지미야 씨와 카도와키 씨. 웬일로 이런 시간에 다 남아 계시네요, 특히 후지미야 씨는."

"그 말을 그대로 돌려주고 싶은데…… 그건 뭐야?"

두 손으로 힘들게 안고 있는 프린트를 눈짓하자, 마히루가 입술에 쓴웃음을 지었다.

"선생님께서 시간이 있으면 스테이플러로 다음 달에 있을 체육대회 관련 프린트를 묶어 달라고 부탁하셨거든요. 차마 거절하지 못해서…… 지금 받은 참이에요."

"시이나를 너무 편리한 도구로 쓰는 거 아니야……?"

학생들만이 아니라 교사들에게도 두텁게 신뢰를 받는 마히루는 좋든 나쁘든 기대를 받고 있다. 부탁도 많이 받는 것을 자주 목격하는데, 이번 것도 그런 부탁인 것 같다.

문무겸비의 재녀이지만 동아리 활동을 하지 않으니까 더더욱 시간이 남을 거라고 생각한 교사가 부탁하는 일을 받는 빈도가 높다. 착한 아이로 있으려는 까닭에 마히루가 기본적으로 부탁을 거절하지 않는다는 사실을 교사들도 어렴풋이 눈치챈 것이리라.

"저는 시간에 여유가 있으니까요. 이 정도 일은 금방 끝나고요. 빈 교실로 옮기는 것도 이게 마지막이고, 다 나르기만 하면 스테이플러만 찍으면 끝나요."

"직원은 뭐에 쓰라고 있는 건데."

"괘, 괜찮아요. 이 정도는 한 시간 정도면 끝나니까요."

"강제로 한 시간이나 잡아둔다는 뜻이지만 말이야."

착하게 살면 이럴 때 편리하게 이용해 먹는다는 생각이 드니 마음이 복잡해지는데, 마히루는 별로 신경을 쓰지 않는지 아니면 익숙한 건지, 눈꼬리를 내리고 희미하게 웃을 뿐이다.

"저는 오늘 귀가가 조금 늦어지는 정도니까요. 해가 지는 시간도 점점 뒤로 밀리고 있으니까 괜찮아요."

아무렇지도 않은 것처럼 말하는 마히루에게, 아마네는 슬며시 한숨을 쉬었다.

"미안해, 카도와키……. 오늘 일은 나중으로 미뤄도 될까?"

"신기한걸. 나도 그걸 생각했어."

아무래도 서로 똑같은 생각을 한 것 같다.

둘이서 얼굴을 보고 작게 웃은 다음, 마히루의 손에서 프린트를 슬쩍 빼앗았다.

예상하지 못했는지 눈을 연신 깜빡이던 마히루는 뒤늦게 무슨 일인지 이해한 듯 허둥지둥 아마네의 옷자락을 잡았다.

"후, 후지미야 씨. 돌려주세요."

"이걸 어디로 가져가게?"

"네? 2층 끝에 있는 빈 교실로……. 그게 아니고요! 제가 부탁

받은 일이니까요."

"학생한테 맡길 정도면 딱히 기밀사항도 아닐 테고, 다른 사람이 도와주면 안 되는 것도 아니잖아?"

"그, 그렇지만…… 카도와키 씨도 뭐라고 말해 주세요."

"하하하. 후지미야, 그러면 못써. 나한테도 반은 줘야지."

"자, 받아."

일부러 불만인 척하는 얼굴을 보고 웃으면서 반쯤 떼 카도와키에게 건네자, 마히루는 이제는 무슨 소리를 해도 틀렸다고 깨달은 듯하다.

질타하는 눈으로 째려보는데, 아무렇지도 않게 무시하고 지정 교실로 이동한다.

"여러분 시간을 빼앗을 생각은 없었는데……."

"나는 빼앗긴 게 아니라 내 멋대로 소비한 거야."

어디까지나 아마네가 멋대로 하는 일이니까 굳이 말하자면 바라지도 않은 호의를 강요한 셈인데, 마히루만 고생하는 것보다는 낫겠지.

그건 유타도 동의하는 듯 온화하게 미소를 지으니까 마히루는 더는 뭐라고 말할 수 없어진 것처럼 조금 원망스러운 눈초리로 보는데, 그냥 모르는 척했다.

다만 마히루도 싫다고는 하지 않았으니까, 속으로는 양을 보고 난처했을 테지만.

"바보……."

학교에서는 결코 들을 일이 없는 귀여운 본성으로 매도하는 소리가 들려서, 아마네와 유타는 덩달아 웃고 말았다.

천사님의 가면이 아주 조금 벗겨지고 있는 마히루는 아마네와 유타의 곁을 걸으면서 눈을 가늘게 뜨는데——.

"선생님한테 아양을 떠는 걸로 모자라서 남자한테도 꼬리를 치네. 소중한 사람이 있다고 했으면서."

"진짜. 팔방미인이 따로 없어."

어디선가 그런 소리가 들려서, 아마네는 무심코 걸으면서 몸을 굳혔다.

시선만 돌려서 주위를 봐도 목소리를 낸 여자의 모습은 보이지 않았다. 아마도 뒤쪽의 안 보이는 데 있는 거겠지.

옆에 있는 유타는 여전히 미소를 짓고 있는데 눈은 그렇지 않다. 예전에 원래부터 뒤에서 험담하는 인간이 껄끄럽다고 몰래 말해 준 유타도, 지금 목소리는 허용할 수가 없나 보다.

아마네도 '뭐?'라고 소리칠 뻔했지만, 그랬다간 또 일이 커질 원인이 된다는 것을 알아서 꾹 참고 마히루를 힐끗 봤다.

마히루는 아무렇지도 않게 생각하는 듯, 평소와 표정이 똑같았다. 다 익숙하다고 말하는 것처럼, 아무 변화도 없다.

그 표정이 불안해서 무심코 쳐다보고 말았지만, 시선을 알아차린 마히루는 온화하게 미소를 지었다.

"도와주셔서 고마워요. 너무 늦지 않게 끝내 버려요."

불안을 느낄 정도로 온화하고 부드러운 목소리를 듣고, 아마네와 유타도 더는 말하지 않고 고개를 끄덕였다.

작업 중에는 아무 말도 없었다. 미묘하게 어색한 분위기 속에서 작업을 마친 마히루와 시간을 벌려서 귀가한 아마네는 먼저 귀가한 마히루의 얼굴을 무심코 쳐다봤다.

마히루는 평소와 표정이 같아서, 상처를 받았다거나 화가 났다거나 하는 부정적인 감정으로 예쁜 얼굴을 흐리지 않았다. 오히려 아마네가 그 말을 떠올리고 짜증이 날 정도였다.

아마네의 표정이 흐려진 것을 본 마히루가 곧장 쓴웃음을 짓는다.

"혹시, 학교에서 있었던 일이 신경 쓰이나요?"

"당연히 신경이 쓰이지."

얼굴도 보지 않고 뒤에서 몰래 다 들리라는 듯이 험담하는 인간들에게는 도저히 분노를 참을 수가 없다.

옆에 앉아 마히루를 보니, 여전히 아마네의 태도에 쓴웃음을 짓고 있다.

"저는 별로 신경 쓰지 않아요. 그 정도는 예상했고, 오히려 그러지 않는 게 이상하니까요."

대수롭지 않게 자신을 미워하는 것을 허용한 마히루를 보고, 오히려 아마네가 동요하고 말았다.

마히루가 천사님처럼 행동하는 이유를 아니까, 신경을 쓰지 않는다는 것이 의외라서 표정이 어색해진다.

"그, 그런 거야?"

"당연하죠. 누구나 저를 좋아하는 건 아니에요. 누구나 좋아하는 그런 사람이 있다면 오히려 무서울 거예요."

손이 심심한지 머리카락을 한 줌 잡아서 머리끝을 손가락에 돌돌 말면서, 마히루는 담담하게, 차분하게 말했다.

"저는 사람들에게 호감을 받기 쉽다고는 생각하지만, 학교의 모든 사람이 좋아한다고는 생각하지 않아요. 호감이 크게 드러나는 만큼 잘 드러나지 않을 뿐이에요. 아마네 군도, 처음에는 저를 전혀 좋아하지 않았다고 보는데요."

"그런 소리를 들으면 엄청나게 찔리는데……."

그 말대로, 자신도 알고 지내기 전에 평가만 알던 상태에서는 마히루를 능력과 용모가 좋은 사람으로 인식했고, 그 점에 한해서는 좋게 생각하고 있었다.

하지만 천사님 개인은 군이 말하자면 껄끄러운 사람으로 분류했으리라. 눈에 보이는 부분이 전부 너무 뛰어나서, 무슨 생각을 하는지 몰라서 다가가기 어렵다는 감각이다.

"특히 여자들 사이에서는 겉으로는 우호적이어도 저를 달갑게 여기지 않는 사람이 있어요. 드러내지 않는 것은 제가 여러 사람에게 좋은 평가를 받으니까, 악의를 입 밖에 꺼내면 불이익이 생기기 때문이겠죠. 다수에 묻혀서 사는 게 불화를 일으키지 않으니까요."

아마네는 담담하게 자신에 대한 객관적 평가와 자신을 싫어하는 사람의 존재를 화제로 꺼내는 마히루에게 어떻게 반응해야 좋을지 고민했다.

여자들 사이에는 아마네와 다른 가치관과 인간관계가 있을 것이다. 마히루가 말하는 걸로 봐서는 정말로 마히루를 눈엣가시처럼 여기는 사람이 있을 테고, 실제로 그런 소리가 들렸다.

말로 잘 표현할 수가 없어서 그저 걱정할 수밖에 없는 아마네의 분위기를 감지했는지, 마히루는 눈썹을 내리고 미소를 지었다.

"지금은 많이 줄었지만, 옛날부터 일정 비율로 미워하는 사람이 있었으니까 익숙해요. 뭐, 되도록 비율이 줄어들게 행동거지에 신경을 쓰지만요. 그래도 아예 없어지진 않아요. 다수가 좋아하니까 싫다는 사람도 있으니까요."

"힘들진 않고……?"

"직접 들으면 싫은 생각이 들지만, 대놓고 드러내는 사람은 현재 없으니까요. 게다가 오늘 있었던 것처럼 제가 싫다고 하는 사람들은 사실 제 알맹이가 아니라 외모나 태도에 혐오감을 드러내는 것일 테니까요. 그건 제가 어떻게 할 수도 없고, 그런 사람들을 위해서 제가 뭔가 하려는 생각도 없어요."

"냉정하네……."

"그렇게 생각하지 않으면 학교에서 평소처럼 행동할 수 없어요."

이런 점에서 누구보다도 냉정한 마히루는 이지적인 빛을 드러낸 눈을 슬쩍 내리뜨고 입술에서 작게 숨을 내쉬었다.

"저는 객관적으로 봐서 남들보다 외모가 좋다고 저 자신도 잘 알아요. 그야 타고난 것이기는 하지만, 노력을 게을리한 적은 없고, 시간과 수고를 들여서 완성한 거예요. 다만 이것만으로도 못마땅하게 생각하는 사람은 생기는 법이에요."

과장도, 오만도 아닌, 자신감을 바탕으로 하는 말.

하긴, 태어날 적부터 미인이라는 사실은 한 번밖에 보지 못한 마히루의 어머니를 떠올리기만 해도 부정할 수 없으리라.

다만 마히루의 미모는 타고난 게 전부가 아니다.

자세와 행동거지, 배어나는 분위기, 시선과 표정, 뭘 놓고 봐도 우아하고 아름답게 느껴진다. 그리고 그것이 타고난 것만으로 완성될 리가 없다.

아마네로선 그저 외모만 빼어난 것이 아니라, 몸에 밴 지성과 교양, 품성이 내면에서 더욱 아름답게 보여주는 것이라고 생각한다.

(정말 예쁘지…….)

눈부실 정도로 철저해서, 그 빛에 타버릴 것만 같다. 그 빛이 마히루도 태울 것 같아서 조금 두렵지만.

"제 관리는 눈에 보이는 게 전부가 아니니까요. 그러니까 성과만 보고 그게 치사하다고 생각하는 사람도 있어요. 그야 그 질투는 당사자의 감정이니까 부정하진 않아요. 하지만…… 한 가지 부정하고 싶은 게 있다면, 저는 카도와키 씨를 친구로서 우호적으로 대해도 이성에게 보이는 호의는 전혀 없다는 점일까요. 그걸 오해하고 질투해도 곤란해요."

"그, 그래…?"

"애초에 제가 카도와키 씨를 좋아하는 척이라도 했나요? 착하고 좋은 사람이라고 생각하지만, 연애 감정은 하나도 없어요. 이야기만 했다고 의심하면 곤란한데요."

조금 거슬린다는 투로 말한 것은 의심받은 일이 너무 많아서 그런 걸까.

  일종의 우상이 된 마히루와 유타는 그 성별과 우수함 때문에 이야기 속에서 한 세트로 묶이는 일이 많다.

  실제로 본인들은 접점이 별로 없고, 마히루는 아마네를 알게 된 시점에서 유타를 인기가 많은 사람으로만 인식할 뿐 딱히 아는 게 없었다. 아마네가 유타와 친해지면서 아는 사이가 됐을 정도다.

  아마네 역시 학교에서 왕자님으로 불리는 남자도 평등하게 대하는 마히루가 유타에게 연애 감정이 있다고 생각한 적은 없다.

  "카도와키를 좋아하는 사람이 보면 빼앗긴다고 생각하지 않을까? 마히루가 만약 호의를 보이면 어지간한 남자는 한 방에 넘어갈 테니까."

  "아마네 군은 그 어지간한 남자가 아닌 것 같네요."

  "그야……."

  호의를 받기 전에 아마네 자신이 푹 빠졌으니까, 좋아하는 감정이 더 커지고 많아지고 깊어질 뿐 달라질 게 없다는 사실만큼은 본인에게 말할 수 없다.

  아마네는 미묘하게 시선을 돌리고 대답했는데, 마히루는 그걸 빤히 보고 있다.

  그게 영 거북해서 마히루를 직시하지 않으려고 했는데, 시야 구석에서 한숨을 쉬는 마히루가 보였다.

  "아무튼 카도와키 씨는 제 취향이 아니에요. 객관적으로 평가해서 잘생기고 다정한 남자인 것은 알지만, 뭐라고 할까……
왠지 의식해서 드러내는 태도가 겹치니까, 지인이나 친구, 이
해자로선 좋을지도 몰라도 연애 감정에는 도달할 일이 없다고
느끼는데요."

"뭐…… 겉으로 봐서는 마히루와 카도와키는 왠지 닮은 구석
이 있긴 하지. 카도와키는 마히루처럼 겉과 속이 심하게 차이가
나지 않지만."

유타와 친해진 최근에 와서 안 사실이지만, 유타도 주위에서
기대하는 태도를 보이는 구석이 있다. 다만 마히루만큼 현저하
지 않고, 본인의 성격과도 관계가 있다.

마히루는 가정환경의 문제로 이렇게 될 수밖에 없었다는 점에
서 이유와 정도가 다른 거니까, 일률적으로 같다고 말할 수 없
는 것도 사실이다.

"마치 제가 이중인격인 것처럼 말하네요……. 그, 그렇게 겉
과 속이 다른가요?"

"다르다고 할까, 마히루는…… 천사님보다 원래 모습이 훨씬
귀여운걸. 처음에는 쿨하고 엄격한 느낌이었는데, 익숙해지고
보니 생각했던 것보다 부끄럼쟁이 같아. 말과 행동에 드러나는
감정도 전혀 다르니까, 격차가 심하다는 생각이 들어."

"누, 누가 부끄럽게 하는지 알기나 해요?"

"그건 뭐…… 그래. 일부러 그러는 건 아니야."

의도해서 그러는 건 아니다. 마히루는 대놓고 진심으로 칭찬
할 때 부끄럼을 잘 탈 뿐이다.

아마네도 평소 마히루가 노력가이고 자기 자신에게 엄격하다는 것을 잘 아니까 되도록 진심으로 순수하게 칭찬하려고 했다. 그게 부끄러움을 끌어낸다면 이제는 어쩔 도리가 없다.

　"일부러 그러지 않는 게 더 나쁜 것 같은데요."

　"그 말은 그대로 돌려줄 거고, 오히려 네가 더 심해."

　"무슨 뜻이죠?"

　"마히루 넌…… 의식하지 않은 스킨십이 추가되니까 곤란하다고 할까."

　마히루야말로 아마네를 탓할 처지가 아니다. 오히려 사람을 부끄럽게 한다는 점에서는 마히루가 더 파괴력이 크고 횟수도 많다. 덤으로 기습도 자주 하니까, 아마네의 심장과 이성은 항상 강하게 단련해야 했다.

　마히루는 스킨십이라는 말에 원래부터 큰 눈을 더욱 크게 뜨고 깜빡인 다음, 이어서 숨을 마시고 입술을 바르르 떨고 있다.

　서서히 뺨으로 퍼지는 홍색이 아마네가 시선을 주는 시간에 비례해서 더욱 진해졌다.

　"이, 일부러 그런 게 아니에요."

　얼굴이 새빨개졌을 때, 마히루가 희미하게 떨리는 목소리로 변명했다.

　"일부러 그럴 때도 있지만, 일부러 그러는 게 아니에요."

　"일부러 그런 게 뭔지 여러모로 물어보고 싶지만, 기본적으로 고의가 아닌 건 알아. 여자가 자꾸 그러면 착각할 수도 있으니까 조심하라고."

"아마네 군한테만 그러는 거예요……."

"그것도 알아. 그러니까 말하는 거야."

마히루가 아마네에게 어떤 감정이 있는지는 판단할 수 없지만, 특별하게 보고 좋게 생각해 준다는 것은 알고 있다.

다만 그렇더라도, 남자가 봤을 때 마히루가 무의식중에 하는 스킨십은 파괴력이 너무 강해서 곤란하다.

가능하다면 개선해 주면 좋겠다. 안 그러면 이성이 버티기 힘들다고 생각하면서 마히루에게 시선을 돌리자, 마히루는 얼굴을 붉히고 아마네의 팔을 탁탁 때렸다.

"거봐. 그런 거 말이야."

"이번엔 의도해서 한 거예요."

"어어……?"

때리는 이유를 모르겠다고 당황한 아마네를 마히루가 조금 매섭게 노려보지만, 본인의 얼굴과 수치심 때문에 젖은 눈으로 노려봐도 귀엽게 쳐다보는 것으로만 보인다.

하나도 무섭지 않은 순도 100% 귀여운 표정을 보니 아마도 말했다간 더욱 못마땅해할 감상이 떠올랐다.

다만 말하진 않아서, 마히루는 헛기침한 다음 자세를 바로잡았다.

"아무튼 이야기를 되돌리자면, 저는 일부 여자가 미워해도 별로 상관없어요. 모두가 친하게 지내자는 것은 아이들이나 꿈꾸는 거니까요. 억지로 묶으려고 했다간 어디선가 균열이 생길 게 뻔하니까, 일부가 미워해도 받아들일 거예요."

"응…….."

"방금 한 말과 모순되지만, 저는 착한 아이로서 모두가 좋아하는 천사님으로 행동하고 있어요. 하지만 요새는 이젠 그만둬도 되지 않을까 생각하기 시작했어요."

"이젠 그만둔다고?"

그토록 철저하게 천사님처럼 행동하던 마히루에게 그만두겠다는 말을 들을 줄은 몰라서 되물었는데, 마히루는 희미하게 웃음을 지었다.

"착한 아이가 아니어도 별로 상관없을 것 같아서요. 저는 모두가 좋아하는 건 아니라고 알면서도 모두가 좋아하는 말과 행동을 실천했지만, 진짜 저를 찾아주고, 저를 잘 보는 사람이 있다면, 저는 있는 그대로 있어도 좋다고 생각했어요."

지금까지의 자신을 돌이켜 보고 쓸쓸하게 눈빛을 흐린 마히루는 곧바로 캐러멜색 눈에 맑은 빛을 드리웠다.

"아마네 군은, 저한테서 눈을 떼지 않을 거잖아요?"

그 빛이 긍정적이고, 희망과 기쁨을 내포한 것임은 누가 봐도 알 수 있다. 눈부시게 찬란한 빛은 아니지만, 포근하고 다정한, 확실한 온기와 자상함이 담겼다.

그런 광채와 감정을 담은 눈으로 봐서, 아마네는 목에서 꿀꺽 소리를 냈다.

"약속했으니까."

"네. 약속해 주었어요."

아마네가 긍정하자 달뜬 웃음을 얼굴에 드러낸 마히루가, 아마네에게는 포근한 눈빛과는 반대로 매우 눈부시고 산뜻하게 보였다.

그러나 눈을 돌리기에는 너무 아쉬울 정도로 맑고 고운 웃음이라서 시선이 저절로 끌려간다.

왠지 멀리서 심장이 쿵쿵 뛰는 것을 느끼면서, 아마네는 자신을 향한 미소를 눈에 새겼다.

"그러니까 너무 애써서 의식하지 않아도 될 것 같아요. 일부러 학교에서 바꿀 생각은 지금도 없지만, 너무 신경을 쓰진 않으려고요. 남들이 실망해도 괜찮아요. 제게는 저를 봐 주고 받아들여 주는 사람이 있으니까요."

"그래……."

아마네가 보고 있으니까.

아마네가 진짜 마히루를 알고, 움츠러든 마히루를 찾았으니까, 마히루는 이토록 마음이 편해졌다고.

그렇게 표정에 드러서, 기쁨과 애정이 한없이 끓어올라 가슴을 간질였다.

다만 아주 조금, 그 느낌을 방해하는 작은 응어리가 가슴속에 있었다.

"왠지 못마땅한 거 같은데요?"

아마네가 개인적으로 조금 마음에 걸리는 구석이 있다는 것을 눈치챈 듯한 마히루가 불만은 아니지만 난처한 듯, 불안해하는 눈으로 봤다.

"아, 아니야. 네가 그렇게 생각하게 된 것은 기쁘고, 잘된 일이라고 봐. 그건 그렇다 쳐도, 조금 생각한 게 있어서."

"뭔가요? 말해 보세요."

"어? 그건 좀."

"딱히 화내려는 건 아니거든요? 아마네 군이 남에게 상처를 주는 말을 할 것 같지도 않고요."

가만히 바라보는 그 눈에는 거부권이 없다고 주장하는 듯한 압박감이 있다.

그야 당연히 아마네도 조금 오해를 살 말을 했으니까, 잘 설명해야 한다고는 생각하지만.

말했다간 놀림당할 정도로 유치한 감정임을 자기 자신에게 드러내야 하리라.

"저기, 웃지 마."

말하지 않을 수도 없어서 신신당부하자 순순히 고개를 끄덕여 줘서, 아마네는 주체할 수 없는 감정을 느끼면서도 미묘하게 시선을 돌리고 입을 열었다.

"의식하지 않겠다고, 말했잖아?"

"네."

"즉, 우연히 마히루가 꾸미지 않은 모습을 보일 수도 있는 거잖아?"

그 말까지 하고 마저 말해야 할지 고민했지만, 지금 와서 생각할 일은 아니다. 아마네는 한 차례 심호흡하고 입술을 떨었다.

"언젠가 진짜 마히루를 다른 사람들이 알지도 모른다고 생각하니까, 왠지 마음이 복잡해져서 말이야."

나머지 말을 꺼내는 것을 잠깐 망설인 것은, 아마네 자신이 참 아이 같다고 생각했기 때문이다.

　마히루가 자기 자신을 그대로 받아들이고 마음가짐을 바꾸려는 것은 기쁘고, 오랫동안 유지했던 허물을 하나 벗어서 아마네에게 손을 내밀어 준 것도 기쁘다.

　아마네를 전폭적으로 믿어 주는 것도 기쁘다.

　꾸미지 않은 자신으로 있어도 된다고 생각해 준 것이 기쁘다.

　불만은 없다. 그런데도—— 마히루가, 노력가이고, 강한 척하는 주제에 외로움을 잘 타고, 다른 사람에게 기대는 것이 서툰, 지극히 평범하고 섬세한 여자애가 다른 아이들 앞에 드러나는 것이 싫었다.

　(이게 독점욕과 질투심인 건 나도 알아.)

　마히루는 자신의 것이 아닌데도, 이런 감정을 가질 권리가 없는데도, 그렇게 생각하고 말았다.

　"거, 건방지다고, 이 인간이 대체 무슨 소리를 하는 거냐고, 말하고 싶을 테지만."

　창피함과 한심함, 자조하는 마음으로 입술을 꾹 닫은 아마네를, 마히루는 넋이 나간 것처럼 크고 동그란 눈을 깜빡이면서 보다가 점차 입꼬리를 올리기 시작했다.

　아마네가 눈치챘을 때는 이미 입가가 풀리고, 눈빛은 포근하고 즐거운 느낌으로 바뀌어 있었다.

　"우, 웃지 말라고 했잖아."

　"후후, 미안해요."

무방비할 정도로 순진하고 악의가 느껴지지 않게 빙그레 웃으면서 사과하는 바람에, 아마네는 숨을 삼키고 더는 뭐라고 따질 수 없었다.

　아까 본 미소와는 다른, 순수한 기쁨과 친근함을 한가득 쏟아부은 표정과 눈빛에 말문이 막힌 아마네를, 마히루는 곁에서 미소를 조금 차분하게 바꾸고 쳐다보았다.

　"걱정하지 않아도, 아마네 군에게 보이는 얼굴은 다른 사람에게 보이지 않아요. 친하지도 않은데 보일 리가 없잖아요."

　"그, 그래?"

　노골적으로 안심하고 말아서, 아마네는 현재 감정이 겉으로 너무 드러나고 있음을 통감했다.

　평소라면 표정을, 감정을 더 잘 감출 수 있을 텐데도. 마히루와 관계된 일에는 안쪽에 감추고 싶은 것이 자꾸 겉으로 튀어나오고 만다.

　"아마네 군은 역시 귀여워요."

　입안에서 볼을 깨물어서 표정근이 쓸데없이 일하지 않게 주의했을 때, 무슨 생각인지 마히루가 왠지 재밌다는 듯이 웃으면서 말했다.

　"그런 소리 하지 마. 놀리는 거지?"

　"진심인데요."

　"더더욱 안 돼."

　"아마네 군도, 그렇게 귀여운 구석을 다른 사람에게 보여주면 안 돼요."

"귀엽다는 말부터 부정하고 싶은데. 대체 어딜 봐서 귀엽다는 거야. 이런 남자를 붙잡아 두고서."

귀엽다는 말은 어린 시절에 두고 왔다고 자부하는 몸으로선 잘 이해할 수 없는 평가이며, 남자로서도 수긍할 수 없다.

귀엽다는 말을 칭찬으로 받아들이는 것은 어린아이나 여자 정도로, 귀여움을 추구하지 않는 아마네는 그저 놀리는 뜻으로만 받아들일 수밖에 없었다.

눈썹을 모으고 눈으로 항의해도, 마히루의 평가는 변하지 않는 듯 키득키득 작은 웃음소리를 흘리고 있다.

"전부 귀여워요."

"여자가 귀엽다고 하는 말은 믿을 수 없고, 납득할 수 없어."

"말이 심하네요. 그야 여자가 쓰는 귀엽다는 말의 정의가 시각적인 뜻이 아니고, 더 넓은 의미에서 호의적으로 받아들이는 것을 귀엽다는 말로 표현한다는 건 부정하지 않겠지만요. 아마네 군은 귀여운데요?"

"남자는 귀엽다고 칭찬을 받아도 기뻐하지 않아."

좋아하는 여자애가 칭찬하려고 귀엽다는 말을 골라도 기쁠 리가 없다. 아니, 칭찬해 주는 것은 기쁘지만, 아마네는 자신과 같은 남자에게 귀엽다는 평가는 좀 아니라고 생각한다.

아마네로선 자신이 귀엽다는 소리를 들어서 기뻐할 줄 아냐고 따지고 싶지만, 칭찬보다는 단순한 평가 같으니까 말해도 소용없을 것 같다.

입술에 힘을 주고 뚱한 얼굴로 못마땅하게 마히루를 봐도, 본인은 재밌다는 듯이 웃고만 있다. 그 눈에 사랑스러운 기색이 안 보였다면 아마네는 마히루의 볼을 꼬집었을지도 모른다.

"멋지지는…… 않은 건가."

무심코 작게 중얼거리자 마히루가 딱 굳어서 아마네를 보는 바람에, 자신의 발언을 곧바로 후회했다.

자신이 멋지게 봐 주지는 않느냐고 하다니, 자신감이 넘치는 것도 정도가 있다. 남들에게 자주 겁쟁이, 소심하다, 한심하다 같은 소리만 듣는 자신을 마히루가 멋지게 볼 거라고 착각하는 게 이상하다.

그런 말을 기대한 시점에서 잘못한 거라고 결론을 내리고 시선을 돌리려고 했는데, 마히루는 아마네한테서 눈을 떼려고 하지 않았다.

"멋져요."

똑똑히 들리게 발음해서 고백한 말에, 귀를 의심했다.

"그야 아마네 군은 귀엽지만, 멋져요. 저한테는, 누구보다도."

"어설프게 칭찬하지 않아도 돼……."

"말이 심하네요. 거짓말해서 어쩔 건데요. 생각한 것만 말하는 거예요."

"말이 과하고, 사람 보는 눈이 없어."

멋진 남자가 되자고 생각하기는 해도 자신의 지금 모습을 전혀 멋지다고 생각하지 않는데, 마히루가 아마네를 멋지다고 칭찬하니까 의심하고 만다. 자꾸 귀엽다는 소리를 들은 뒤라서 더더욱.

"아마네 군이 생각하는 멋진 사람의 정의는 뭔가요?"

눈썹을 모으는 아마네를, 마히루가 온화하게 바라본다.

"제가 생각하기로 멋진 사람이란 분위기와 태도, 말과 행동과 성격 같은 사람의 됨됨이를 전부 포괄한다고 봐요. 겉만 멋져도, 저한테는 속이 빈 것처럼 보여요."

"그, 그건 그렇지만."

"물론 아마네 군이 객관적으로 봐서 누구나 반할 만큼 미남인가 하면 그렇지도 않겠지만, 얼굴은 단정하고요. 아까도 말했다시피 외모만 보고 멋지다고 하는 건 아니니까요. 아마네 군은 조금 입이 험할지도 몰라도 예의가 바르고, 온화하고 신사적이고 자상하고, 무뚝뚝한 척하면서도 어쨌든 다른 사람을 잘 챙기는 데다 곤경에 처한 사람이 있으면 도와주는, 신중하지만 여차할 때는 의지가 되는 사람이에요. 종합적으로 봤을 때, 아마네 군은 멋진 사람이에요. 제 주관과 취향이 들어간 건 부정하지 않겠지만, 아마네 군은 무척 멋진 사람이니까 자신을 믿어 주세요."

"이, 이젠 됐어. 알았어, 알았다니까."

"모르잖아요. 아마네 군은 자신감이 부족한 사람이니까, 제가 잘 전해야 해요."

"이젠 됐대도!"

마히루가 힘껏 해설하는 바람에 아마네는 중간부터 부끄러워 죽을 지경으로 신음하면서 들었는데, 더 들었다간 창피한 나머지 울 것 같으니까 말릴 수밖에 없다.

아주 진지하게 역설한 마히루를 강제로 제지하면서, 무한정으로 열기를 보내는 심장을 어떻게든 달래려고 심호흡했다. 지금의 아마네는 필시 아까 본 마히루는 비교도 안 될 만큼 잘 익은 사과가 되었으리라.

마히루가 아마네를 높이 평가해 주는 것은 절실히 알았으니까, 이제는 자세하게 칭찬해 주지 않아도 된다. 오히려 칭찬을 들었다간 심장이 아픈 데다가 그만큼 평가해 주는 것이 기쁘고 부끄러워서 도저히 못 버티고 도망치고 싶어진다.

시선을 이리저리 돌려서 필사적으로 몸을 지배하는 열기와 수치심을 배출하려고 드는 아마네를 보고, 마히루는 눈을 휘둥그레 뜬 다음에 기쁜 듯이 활짝 웃었다.

"그런 게 귀여운 거예요."

이번에는 마히루가 무슨 말을 하는지 어렴풋이 이해하고, 빨개진 얼굴로 마히루를 흘겨봤다.

"다음에 또 말하면 입을 막을 거야."

"어떻게요……?"

"어떻게 하긴, 당연히 손으로 막지."

"그렇다면 하나도 안 무서워요."

전혀 움츠러든 기색이 없는 마히루는 웃으면서 아마네에게 슬며시 손을 내밀었다.

차가운 마히루의 손가락 감촉이 열기를 띤 뺨을 식히듯 감싸고, 시선을 자신에게 고정하려는 것처럼 천천히 아마네의 얼굴을 마히루의 정면으로 돌렸다.

"설령 당신이 그렇게 생각하지 않더라도. 저한테는, 아마네 군은 멋진 사람이에요. 걱정하지 않아도, 아마네 군의 좋은 부분은 제가 잘 보고 있어요."

정면에서, 봄날의 햇살 같은, 그러면서도 시원한 목소리가 천천히 아마네의 마음을 부드럽게 어루만지듯이, 조용히 아마네를 평가해 주었다.

숨을 헉 집어삼킨 것은 캐러멜색 눈이 확실한 온기를…… 아니, 열기와 자상함을 띠고서 아마네를, 아마네만을 바라보고 있기 때문이리라.

(안 돼…….)

이런 식으로 느낀 적이 없는 열기를 강하게 맛보는 바람에, 아마네는 신음할 수도 없었다.

눈을 돌릴 수도 없는 상태로 마히루가 품은 열기를 그대로 느끼고 있을 때, 문득 마히루가 부드럽게 미소를 지었다.

"귀여운 사람."

달콤한 느낌마저 드는 속삭임을 들은 순간, 등을 따라 확 올라오는 듯 감미로운 짜릿함이 확 퍼져서 마히루의 눈빛으로 뜨거워진 열기가 몸을 채운다.

정신을 차리고 보니, 아마네는 뺨에 닿았던 가녀린 손가락을 떼고 그대로 마히루를 소파 등받이에 밀어붙이듯이 얼굴을 바싹 들이대고 있었다.

서로의 거리는 손바닥 하나가 들어갈 정도.

아까 선언한 대로 입을 막은 아마네는 자신의 손등에 입술을

댄 채로 움직임을 멈추고 마히루를 응시했다.

시야가 가릴 정도로 긴 속눈썹 틈새로 보이는 캐러멜색 눈이 놀란 탓에 휘둥그레졌다.

위험했다고, 아마네는 생각했다.

저런 눈으로 보고, 도발하는 바람에, 한순간 이성의 끈을 놓치고 말았다. 희미한 이성이 입을 막는다는 명목으로 사이에 손을 집어넣지 않았더라면, 둘이서 처음 경험하는 것을 하나 잃었을 것이다.

그대로 단숨에 했으면 얼마나 좋았을까 생각하면서도, 뒤늦게 머릿속에서 울려 퍼진 이성의 경보에 정신을 차려서 후회하지 않을 선택을 한 것을 감사했다.

아까만 해도 여유만만했던 마히루는 손가락 사이로 입술이 닿은 것에 놀라서 어느새 분홍색 화장으로 얼굴을 물들였다.

결국 아마네는 여전히 예상하지 못한 상황에 약한 마히루를 보고 피식 웃고 입술을 뗐다.

"다음에 또 그런 소리를 하면, 이 손을 치우고 입을 막을 거야."

손을 조금 치우면 맞닿을 정도의 거리에서 조금 멀어지는 대신에 귓가에 슬며시 가까이 대고 속삭이자 얼굴이 보이지 않는 아마네도 알 수 있을 만큼 몸을 크게 들썩였다.

그러나 밀치거나 거부하는 몸짓은 보이지 않았다. 그 사실에 안도하면서, 아마네는 이번에야말로 마히루의 몸에서 손을 뗐다.

마히루가 지금 어떤 표정일지 보고 싶어도, 아마네 역시 부끄러워서 멋대로 눈을 돌리고 말았다.

더군다나 너무 대담한 행동에 나선 것이 무지막지하게 부끄러워서, 소파에서 엉거주춤한 자세로 섰다.

지금 냉정하지 않은 것은 아마네 자신도 잘 알아서, 일단 물리적으로 거리를 두려고 그대로 일어서려다가 저항을 느꼈다.

잡아당기는 감각에 시선을 내리고 보니, 다음 순간에는 달콤한 향기가 코끝을 스쳤다.

눈을 잠깐 깜빡였을 때는 눈앞에서 황갈색 비단실이 살랑거리고, 열기를 띤 뺨에 부드러운 무언가가 살짝 스친 느낌이 들었다.

그리고 타박타박 슬리퍼가 바닥을 때리는, 경쾌한 것보다는 거칠고 다급한 발소리가 울리고, 방금 느낀 전부가 환영인 것처럼 눈앞에서 사라졌다.

타앙. 어딘가 멀리서 울리는 듯이 현관문이 닫히는 소리를 인식하면서, 아마네는 천천히 무언가가 닿은 뺨에 손을 댔다.

"왜……?"

중얼거려도, 당연히 대답이 들릴 리가 없다.

열기와 패기와 냉정함을 전부 잃은 아마네는 쓰러지듯이 소파에 주저앉아 황갈색 바람이 사라진 복도를 멍하니 바라봤다.

그날, 마히루가 다시 아마네의 집을 찾아오는 일은 없었다.

제12화 ▌ 못 본 척, 모르는 척

　뺨에 닿은 것은 대체 뭐였을까.

　그 뒤로 결국 마히루가 아마네의 집에 돌아오지 않아서 그대로 다음 날을 맞이했다. 잠든 동안을 빼고는…… 정확하게는 너무 고민하다가 그대로 기절한 건데, 잘 때 말고는 마히루의 그 행동이 머릿속을 온통 점령하고 있었다.

　정말 한순간에, 환상으로 의심할 정도로 아주 짧았지만, 부드러운 것이 뺨에 닿았다.

　좁아진 거리와 그 감촉으로 보아 무슨 일이 있었는지는 짐작했지만, 이해력이 그 사실을 따라잡지 못한다.

　누구든 상상할 수 없으리라. 그 마히루가, 뺨이라고는 해도 입술을 대다니.

　(왜……?)

　보통 키스란 행위는 상대에게 호감이 있어야 하는 법이다.

　이 시점에서, 미수라고는 하나 아마네도 마히루에게 호감을 드러낸 거나 마찬가지니까 돌이켜 보면 부끄럽다.

　다만 아마네는 결과적으로 아무것도 하지 않았으니까 변명할 수도 있겠지만, 마히루는 아니다. 뺨이라고는 해도 실제로 키스했으니까.

어느 정도는 잘 따르고, 특별히 대우해 준다는 것 정도는 잘 알았다. 하지만 뺨에 입술을 댈 정도의 호감이라는 사실을 갑자기 알아서, 기쁨보다 당혹스러움이 더 강하다.

(나를 좋아해 준 걸까.)

별로 멋진 모습을 보이지 않았고 오히려 한심한 모습만 보인 것 같은데. 자신을 좋아할 요소가 있을지 자신감이 안 생긴다.

애초에 아마네를 좋아해 준다고 생각하는 것 자체가 건방진 게 아닐까? 그런 부정적인 생각이 빙빙 맴돌아서 올바른 사고를 방해하고 있었다.

학교에서도 겉으로는 드러내지는 않았으나, 끙끙 앓았다.

학교에서 마히루는 아마네와 눈이 마주치면 미묘하게 시선을 돌려서, 아마네도 덩달아 시선을 돌리고 말았다.

"그 사람하고 다퉜어?"

그런 주제에 자꾸 마히루를 시선으로 좇아서, 감이 좋은 이츠키는 아마네와 마히루의 미묘한 거리감을 눈치챘는지 점심때 그런 걸 물어봤다.

덧붙이자면, 오늘은 치토세와 마히루가 불참해서 남자 셋이서 밥을 먹는다.

"어? 다퉜어? 후지미야?"

"아니, 다툰 건 아니지만…… 뭐, 그게 있지. 이런저런 일이 있어서……."

키스 미수가 있은 다음에 뺨에 키스를 당했다고 설명할 수 있을 리가 없어서 대충 얼버무리는 말로 넘어가려는 아마네를 보고, 이츠키는 어이없다는 시선을 감추려고 들지 않았다.

됐으니까 감추지 말고 자백하라는 뜻이 시선으로 전해져서, 아마네는 눈을 피할 수밖에 없다.

"아무튼…… 이런저런 일이 있어서, 서로 의식하고 있다고 말해야 좋을까……."

"너 말이야. 언제까지 소심하게 굴 거야?"

"시끄러워."

"뭐, 후지미야는 신중하니까. 확증이 생길 때까지 적극적으로 나설 수 없지 않을까?"

"그게 소심하다는 건데."

무슨 일이 있었는지는 모르겠지만 어차피 아마네가 소심한 거라는 확신을 바탕으로 두 사람이 가차 없이 하는 말이 날아와서 은근슬쩍 찔린다.

"나한테 호감이 있다고 믿을 수만 있으면 고생하지 않는데 말이지……. 내가 더 남자다우면 좋아한다는 자신감이 생길 거고 말이야."

"후지미야 넌 굳이 말하자면 스펙이 좋은데 참 비굴하네."

"거의 최고 스펙인 카도와키한테 그런 소리를 들어도 말이지."

아마네가 유타만큼 문무겸비에 얼굴도 잘생겼다면 고생하지 않았을 것이다.

마히루가 보이는 호의가 연애 감정이라고 순순히 받아들였을 테고, 아마네 자신도 좋아하는 마음을 전할 수 있었을 것이다. 아무런 부담도 없이 마히루의 옆에 섰을 것이다.

마히루가 진심으로 아마네를 멋지다고 말한 것은 이해하지만, 객관적인 평가와 주관적인 평가는 다르다.

마히루의 주관을 가장 우선하지만, 주위의 시선과 아마네의 자신감을 생각해 보면 객관적으로 멋진 남자가 되게 갈고닦아야 하리라.

"너를 질투하거나 그러는 건 아니지만, 그만큼 되면 자신감이 생겼을 것 같아."

이렇게 본인에게 물어보지 않는 이상 알 수 없는 해답을 가지고 끙끙 고민하는 것은, 자신감도 없고 해답에 손을 뻗는 것이 두렵다는 한심함 때문이다.

"지금이라도 자신감을 챙겨서 그 사람한테 돌격해."

"그래서 지금 애쓰는 거잖아. 금방 생기는 게 아니야."

일단 자신감을 키우려고 노력하고 있다. 공부는 열심히 노력 중이고, 좌우지간 앞으로도 10등 이내의 성적을 유지할 생각이다.

아마네는 남들과 비교해 기억력과 요령이 좋은 편이라서 너무 고생하지 않고 성적을 유지할 수 있다는 게 그나마 다행이다. 이제는 유지하는 성적을 올려 나가기만 하면 된다.

문제는 운동이다.

유타처럼 운동 신경이 뛰어나면 좋겠지만, 아마네는 일반적인 능력밖에 없고 군이 말하자면 공부 쪽으로 치우쳐 있어서 눈에 띄는 활약은 기대하기 어렵다.

조금이라도 몸이 좋게 보이려고 건강과 자신감을 위해서 신체를 단련하고 있지만, 어디까지나 몸을 다지는 목적에 중점을 둔 것이지 스포츠를 위해 단련하는 것은 아니다.

운동도 조금 더 잘했으면 다음 달로 다가온 체육대회 때 활약할 수 있었을 텐데. 그렇게 생각해서 스스로 서글퍼질 정도다.

"이번 일은 그냥 넘어가도, 나도 나만의 속도로 노력할 테니까 너무 보채지 마."

"후지미야 네가 그렇게 말한다면 괜찮겠지만…… 보는 우리가 속이 타는데."

"그렇지? 등짝을 걷어차는 모임은 다음에 언제 할까?"

"넌 진짜 뭘 만든 거야."

설마 진짜로 만들 줄은 몰라서 얼굴을 실룩거리는 아마네에게, 유타가 난처한 눈치로 "뭐, 응원하자는 의미니까……."하고 미소를 지으면서 어깨를 으쓱했다.

결국 마히루의 키스가 무슨 뜻인지 고민하면서 학교에서 시간을 보내고 귀가했는데, 집에 마히루가 오는 걸 기다리는 사이에 거북함이 점점 커졌다.

일단 문자를 보내서 물어봤을 때는 온다고 답장이 와서 오기는 하겠지만, 평소와 다르게 긴장된다.

어제 그 일이 있고 나서 처음으로 둘이서 이야기하는 것이니까, 아마네는 심장과 위에서 통증을 느꼈다.

소파에서 몸부림칠 뻔하면서 이상하게 크게 들리는 시계 소리를 느끼고 대기했을 때, 현관문이 열리는 소리가 들렸다.

무심코 몸을 흠칫거리고 말았는데, 지금 동요한 모습을 보였다간 마히루도 동요해서 이야기가 안 될 것 같으니까 어떻게든 참는다.

심호흡하면서 인기척이 가까이 다가오는 것을 기다리자 아마네에게 그림자가 드리웠다.

조금 망설임을 느끼면서도 고개를 들자 사복으로 갈아입은 마히루가 평소와 똑같이…… 아니, 볼을 희미하게 물들이고 시선을 이리저리 돌리면서 서 있었다.

"저기…… 어제는 미안해요. 식사 전에 나가서."

"아, 아니야. 나는 괜찮으니까."

어색하게 대답하면서 보자 마히루는 기름칠을 안 한 기계처럼 뻣뻣하게 움직여 아마네의 옆자리에 앉았다.

평소에는 몸이 닿을 정도로 가까이 앉는데 이번에는 아마네와 거리를 두듯 구석에 앉아 쿠션을 끌어안고 있는 것을 보면 꽤 심하게 의식하고 있는 듯하다.

바로 옆에 있는 것이 당연한 것처럼 정착했던 온기가 멀리 떨어진 것을 쓸쓸하게 여기는 한편으로 안심한 것은 어제 그런 일이 있었기 때문이리라.

"저기, 어제, 일, 말인데."

한동안 말이 없다가 머뭇거리면서 말을 꺼내자, 긴 황갈색 머리카락이 파도를 치듯 흔들렸다.

"아…… 마, 마히루. 왜 그랬어?"

애매하게 물어본다는 건 아마네도 잘 알지만, 정말로 궁금한 것은 물어보길 망설이는 바람에 간접적으로 묻게 되었다.

아마네가 조심스럽게 물어보자 마히루는 입술을 꾹 닫고 아주 조금 못마땅하다고도 보이는 눈으로 돌아보더니, 천천히 닫힌 입술을 열었다.

"부, 분위기에 휩쓸렸다고 할까……앙갚음, 이라고 할까요."

"앙갚음?"

"아마네 군도, 하려고 했잖아요."

"그, 그야 그렇긴 하지만."

아마네는 미수로 그쳤고 마히루는 결과적으로 완수했다는 큰 차이가 있지만, 지금 그걸 따졌다간 마히루가 토끼처럼 내뺄 테니까 꾹 참았다.

"그렇다면 저도 할 권리가 있잖아요."

"그런 문제가 아니라, 저기……."

(뺨이라고는 하지만, 나랑 키스해도 괜찮았어?)

그렇게 직접 물어볼 수만 있으면 이 고생을 안 한다.

다만 확실한 것은, 마히루는 아마네가 하려던 일에 거부감이 없었고 스스로 입술을 대도 좋다고 생각했다.

어떤 감정으로 그랬는지가 쏙 빠졌을 뿐이다.

그 해답을 아마네가 추측으로 내놓는 것도 불가능하지는 않다. 다만 부정당하는 것이 무서워서 답을 내놓지 않을 뿐이다.

(한심하긴.)

자신의 소심함과 한심함을 스스로 한탄하고 싶어지면서 마히루를 보니, 아주 조금 볼을 붉힌 마히루가 흘겨봤다.

 "왜요?"

 "아무것도 아니야."

 그렇게만 대꾸하고, 아마네는 마히루의 시선에서 벗어나듯 등을 돌렸다.

제13화 **체육대회 준비와 새로운 친구**

"아아…… 난 홍팀이야."

다음 달로 다가온 체육대회 팀 편성 발표를 보고 치토세가 아쉬워하는 소리를 냈다.

먼저 결과가 나온 이츠키가 백팀이 되었으니까, 일단은 적이 된 것이다.

"기왕이면 성에 맞춘 팀이었으면 좋았을 텐데."

"그러면 어쨌든 너희는 적이 될 텐데."

이츠키의 성은 아카자와(빨간 못), 치토세의 성은 시라카와(하얀 강). 두 사람이 홍백 커플로 불리는 이유다.

"그렇구나…… 이런 비극이…… 적인데도 이끌리고 만 금단의 사랑……."

적이 된 커플이 한탄하면서 닭살 행각을 벌이는 것을 어처구니없다는 눈으로 구경한 아마네는 팀 편성을 적은 용지를 봤다.

아마네는 유타와 함께 홍팀이었다. 게다가 치토세도 있다.

반대로 이츠키와 마히루는 백팀에 들어가서, 육상부 에이스인 유타가 있다고는 해도 같은 반에서 편성을 보면 운동부가 다소 백팀에 몰려 있다.

그야 아마네는 이기든 말든 아무래도 좋지만, 마히루에게 너무 한심한 꼴을 보이지 않을까 조금 걱정했다.

"아마네는 어떤 종목에 나갈 거야?"

치토세와 닭살 행각을 마치고 온 이츠키가 아마네에게 말을 걸었다.

이츠키는 치토세와 함께 반에서 체육대회 실행위원을 맡았다. 반에서 분위기를 띄워 주는 이츠키다운 일이지만, 귀찮은 일을 별로 좋아하지도 않으면서 잘도 입후보했다는 것이 순수한 감상이다.

"종목이 뭐가 있더라?"

"고를 수 있는 종목은 단거리 달리기와 각종 릴레이 경기, 장애물 경주와 빌리기 경주, 이인삼각, 공 던지기와 줄다리기가 있어. 동아리 대항 릴레이는 귀가부인 너랑은 관계없을 테고."

"공 던지기가 좋겠는데."

"수수한 걸 고르네……. 최소 2종목이야."

"그렇다면 공 던지기와 빌리기 경주를 신청해야지."

마히루에게 볼썽사나운 모습을 보여주기는 싫지만, 릴레이나 단거리 달리기는 애초에 운동부의 독무대 같으니까 아마네가 나설 차례는 없다.

이인삼각도 같이 할 만한 이츠키가 적 팀이고, 유타가 있기는 하지만 운동부의 각력과 속도에 따라갈 자신이 없었다.

그렇다면 무난한 것을 고르겠다고 중얼거리는 것을 듣고 이츠키가 쓴웃음을 짓는다.

"정말이지 넌 눈에 안 띄는 걸 고르네……. 아니지, 빌리기 경주도 상황에 따라선 주목을 받긴 하지만."

"별로 띌 일이 없으니까."

"너도 참 여전하구나."

운동부와의 정면충돌은 피하고 싶으니 문화부를 생각해서 만든 경기에 참가하는 것이 가장 안전했다.

"문제는 남자 단체 기마전인데 말이지……. 넌 적이고."

반에서 유달리 사이좋은 사람이 이츠키와 유타일 뿐, 다른 남자들과 이야기를 안 하는 것은 아니다.

친분을 이용해서 유타의 팀에 낄 수도 있겠지만, 그래도 역시 미묘하게 소외감이 들 것 같다.

대체로 친한 사람들끼리 뭉치니까, 음침하다고 자부하는 아마네는 체육대회에 별로 의욕이 없었다.

"아, 그건 아마 괜찮을 거야."

"응?"

"유타와 카즈, 마코토가 너랑 같이 뛰고 싶대. 어이쿠, 말하기가 무섭네."

이츠키가 손으로 가리킨 곳을 보니 남자 세 명이 이쪽을 보고 손을 흔들고 있었다. 그중 한 사람이 카도와키인데, 나머지 두 사람은 잘 대화하지 않는 상대다.

아마네도 저 두 사람은 어느 정도 알고 있다.

유타와 친한 사이고, 유타가 '기왕이면 내 친구들하고도 친해졌으면 좋겠어.' 라며 상큼하게 웃으면서 말한 사람들이다.

한 사람은 이츠키가 카즈라고 부른, 히이라기 카즈야. 카도와키와 같은 육상부이고, 장거리 달리기가 특기다. 분위기는 성실해 보인다.

나머지 한 사람은 남자 중에서도 비교적 체격이 작고, 여자들 말로는 병약 소년으로 불리는 코코노에 마코토.

두 사람 모두 아마네나 이츠키와 엮이지 않을 때 유타가 같이 지내는 친구들이다.

"어이, 후지미야. 여기 와 봐. 기마전 팀을 짜자."

그 중심에서 여전히 상큼하게 웃으며 부르는 유타에게 아마네가 당혹스러워하자, 이츠키가 "가 보라고."라며 물리적으로 등을 떠밀었다.

조금 머뭇거리면서 가까이 가 보니, 유타가 싱글벙글 웃으면서 맞이했다.

"후지미야는 아무 데도 안 들어갔지? 괜찮다면 우리랑 같이 짰으면 좋겠는데."

"나는 상관없지만, 너희는 괜찮아?"

"상관없어."

얌전해 보이는 마코토가 먼저 대답했다.

"유타와 카즈야는 키가 크니까, 신장으로 봐서는 네가 제일 좋을 거야."

"아하……."

아마도 마코토는 기수일 테고, 기마를 맡는 세 사람의 체격이 다르면 타기 불편하고 움직임도 굼뜰 것을 우려한 것이리라.

아마네는 키가 큰 편이라서 유타와 카즈야와 나란히 서도 별로 차이가 나지 않는다.

체격만 보고 말하자면 아마네는 마른 편이라서 두 사람처럼 튼튼함과 날렵함은 별로 없지만.

"히이라기, 괜찮아?"

"괜찮고 자시고, 그러자고 부른 건데 말이야. 유타가 친하게 지내는 이유도 궁금하고."

"안심해. 후지미야는 좋은 녀석이야."

"뭐, 유타가 사람 보는 눈은 확실하니까 의심하진 않아. 그렇다고 나랑 잘 맞을까 하면, 이건 직접 봐야 아는 거니까."

지당한 말을 듣고 쓴웃음을 짓는 아마네를, 카즈야가 가만히 응시한다.

아마네를 찬찬히 뜯어보는 듯한 시선이 미묘하게 불편하지만, 사이좋은 친구들 사이에 갑자기 끼어들었으니까 이 정도는 당연하겠지.

"뭐, 잘 부탁해."

적어도 교류를 거부할 상대는 아니라고 판단한 듯 조금 부드럽게 웃어 보여서 아마네도 마찬가지로 작게 웃고 "나야말로 잘 부탁해."라고 말했다.

"궁금한 게 있는데, 후지미야는 시이나 양과 친해?"

유타가 주도해서 패스트푸드 가게에서 작은 친목회를 했을 때, 조용히 치킨 너겟을 먹던 마코토가 문득 생각이 난 것처럼 의문을 표했다.

아마네는 되도록 표정이 안 바뀌게 감자튀김을 입에 넣었다.

기마전을 대비해서…… 그보다는 친목을 다지려는 의도가 있는 유타의 제안에 따라 넷이서 패스트푸드 가게에 왔는데, 설마 별로 접점이 없는 사람에게 이런 소리를 들을 줄은 몰랐다.

유타에게 힐끗 시선을 돌리자 '나는 아무 말도 안 했어.' 라는 듯한 표정으로 부정하는 것을 보면 마코토의 순수한 관찰력 때문이겠지.

아마네는 최대한 겉으로 드러내지 않게 조심했을 것이다.

"왜 그렇게 생각하는데?"

"너희는 유타를 포함해서 다섯이서 자주 이야기하는데, 시이나 양의 태도가 왠지 모르게 이츠키나 유타를 대하는 것과 다르거든."

"그래? 나는 전혀 몰랐는데."

의외라는 듯이 아마네를 보는 카즈야는 순수하게 놀란 눈치로, 눈을 휘둥그레 떴다.

"다른 사람들도 모를 거야. 그 밖에는 단순히 질투하는 눈으로 보기만 하니까."

"그게 무서운 건데……."

"그래서? 봐서는 내 생각이 맞는 걸까?"

감정을 잘 알아볼 수 없는 얼굴로 물어보는 마코토에게, 아마네는 어떻게 대답할까 싶어서 유타에게 눈길을 돌렸다.

유타는 두 사람을 믿으니까 문제가 없을 거라는 뜻이 담긴 눈으로 반응했다. 아마네는 볼을 붉적였다.

마코토는 확신한 눈치지만, 너무 퍼뜨리고 싶지는 않다.

다만 유타가 사람 보는 눈은 정말로 좋을 테고, 마코토의 의문은 캐묻는 의도가 아니라 순수하게 궁금한 것이라서 악의가 있는 것도 아니었다.

"뭐…… 친하다면 친한 편인데."

"시이나 양이 먼저 다가가는 것처럼 보이니까, 정말이겠지."

"그렇게 보여……?"

"어렴풋하게."

마코토의 관찰력은 정말 무시무시했다.

이 정도라면 어설프게 얼버무리는 것보다 어느 정도는 진실을 말하는 것이 의심도 안 사고 교우 관계가 있다는 현실감이 커질 것이다.

"단순히 집이 가까워서 이야기할 기회가 있다 보니 친해졌을 뿐이야."

"혹시, 2학년이 되기 전부터?"

"그렇지. 학교에서 교류하기 시작한 건 2학년 때부터지만."

아무리 그래도 이웃사촌이고 매일 마히루가 집을 오가면서 밥을 차려 준다는 말은 할 수 없는 데다가 현실감이 별로 없으니까, 조금만 진실을 언급하는 것으로 그쳤다.

아마네의 설명을 듣고 "유타는 알았어?"라고 유타에게 시선을 돌리는 마코토.

본인이 말했으니까 감출 것도 없다는 의미에서 유타도 고개를 끄덕이자, 마코토가 슬며시 한숨을 쉬었다.

"거참, 사람이 너무 착해."

"착해?"

"아, 우리만 아는 이야기야. 유타, 우리한테 비밀로 했잖아."

"후지미야가 말할 때까지 내가 말할 수는 없었으니까. 카즈야랑 마코토가 퍼뜨리고 다닐 거라고는 전혀 생각하지 않았지만."

"당연하지. 내가 굳이 남한테 원한을 살 일을 하겠어?"

"카즈야는 그런 솔직함이 미덕이야."

싱글벙글 웃는 유타를 보고 칭찬을 들은 카즈야가 고개를 갸웃했다. 당연한 소리를 왜 하냐는 식의 그 표정은, 사람의 선의를 의심하지 못하는 듯하다.

다른 의미로 위태로운 것 같지만, 선량한 사람이라는 점은 변함이 없다.

유타와는 다른 방향으로 성실하고 품행이 방정하기로 유명한 카즈야에게 황당해하면서, 역시 유타의 친구라고 잘 이해했다.

유타는 사람 보는 눈이 좋다. 친구로서 함께할 상대로서는 나무랄 데가 없을 것이다.

"즉, 나는 다른 사람에게 말하지 않으면 되는 거지?"

"뭐, 카즈야는 거짓말을 못 할 테니까 모르는 척하는 게 제일일 거야. 애초에 설령 두 사람이 가깝다는 의혹이 생겨도, 굳이 카즈야한테 묻지 않고 이즈키나 유타에게 물어볼 테니까."

"그렇겠지."

피식 웃는 유타를 보고 아마네도 안심했다.

"뭐, 그래 주면 고맙겠어. 나는 걔한테 피해를 주고 싶은 게 아니니까."

오히려 숨기고 싶은 처지라서, 소문을 내지 않아 주는 것은 고맙다.

"본인도 자기 교우관계로 이런저런 소리를 들으면 싫을 테니까. 가만히 내버려 두면 좋겠어. 그 아이를 위해서라도."

들키면 아마네한테도 비난과 질투가 날아들 것임을 잘 알고, 각오도 했다. 하지만 마히루도 악의가 없이 '왜 후지미야랑?' 같은 소리를 들어야 하겠지.

그만큼 마히루는 학교에서 천상의 존재…… 정도는 아니더라도, 특별한 존재다.

고귀한 인간이 일반 서민과 교류하는 것을 주위에서 비난하는 것처럼, 마히루에게도 의문시하는 소리가 쏟아질 것이다.

그건 당연한 의문이겠지만, 마히루는 불쾌할 것이다. 인간관계 정도는 자기가 선택하고 싶다고 말이다.

그리고…… 이건 추측이지만, 마히루는 아마네가 무시당하는 것에 화를 내 줄 거라고, 그런 예감이 들었다.

일부러 마히루의 마음을 심란하게 하기는 싫으니까, 되도록 비밀로 하고 싶다.

(뭐, 공개하고 싶은 마음도 없지는 않지만.)

요즘 접촉에서는 조금씩 거리가 가까워지고 있는 것 같기도 하지만, 기분 탓이라고 생각하자.

"아……아…….."

"코코노에, 왜 그래?"

"뭐랄까…… 왠지 이해했어. 고생이 참 많네."

곤혹스러운 눈치다. 아니, 그보다는 황당함이 더욱 강한 표정으로 보는 마코토에게, 아마네는 고개를 갸우뚱할 수밖에 없었다.

"유타, 이건 혹시."

"맞아."

"어? 지금 무슨 이야기야?"

"아마도 카즈야는 모를 테니까 신경 안 써도 돼."

딱 잘라 말하는 마코토에게도 기분이 상한 기색이 없이, 카즈야는 "그렇다면 몰라도 되겠네."라고 웃고 있다. 이건 그들의 신뢰와 우정의 산물이리라.

왠지 모르게 유타와 마코토가 다 안다는 표정으로 고개를 끄덕이는 바람에 아마네는 둘이서 대체 뭘 이해했는지 모르는 채로…… 감자튀김을 먹으면서 당혹스러운 표정만 지었다.

"마히루는 체육대회 종목을 뭘 신청했어?"

저녁 식사 후, 냉장고에서 아이스크림을 꺼내면서 남은 반찬을 밀폐용기에 담는 마히루에게 물어봤다.

일단 며칠 전 키스 소동에서 시간이 지나서 아마네와 마히루 모두 분위기가 차분해졌지만, 미묘하게 어색한 분위기가 완전히 사라지진 않았다.

서로 자꾸 의식하는 바람에 이전과 같은 거리감이 아니다. 옆에 앉아도 몸이 닿지 않는 거리에서 자리를 잡게 되었다.

오늘 저녁때도 훈훈한 분위기가 있으면서 아주 조금 딱딱한 감이 있어서, 두 사람 모두 서로를 의식하는 것은 명확했다.

오늘 저녁 반찬인 닭고기 야채 조림을 밀폐용기에 넣은 마히루는 스푼을 아마네에게 주면서 "그러게요."라고 기억을 떠올리듯이 시선을 위로 돌렸다.

"저는 릴레이와 빌리기 경주예요."

"와, 겹치네. 나는 공 던지기와 빌리기 경주를 신청했어."

신청한 대로 될지는 잘 모르지만, 공 던지기는 솔직히 인기가 없어서 통과될 것 같다.

빌리기 경주는 통과될지 조금 미묘하지만, 세 번째 희망 종목인 장애물 경주가 되어도 문제는 없다.

그건 순수한 달리기 속도보다 균형 감각과 유연성을 따지는 종목이므로, 아마네의 평균적인 달리기 속도라도 팀의 발목을 잡는 일이 없겠지.

"운동할 생각이 철저하게 없네요."

"그건 전문가한테 맡겨야지. 나는 운동 신경도 별로 좋지 않으니까."

"그러고 보니 아마네 군은 체육 성적이 보통이었죠."

"아쉽게도 말이지."

운동 신경도 좋았으면 체육 수업도 적극적으로 나설 텐데, 안타깝게도 아마네는 운동을 별로 잘하지 못한다.

싫다고 할 정도로 치명적으로 못하는 것은 아니니까, 어디까지나 평균적인 평가에서 그치고 있다.

물론 유타나 마히루처럼 노력과 재능이 잘 맞물린 두 사람과 달리, 문무겸비는 도저히 실현할 수 없는 꿈이다.

"솔직히 말해서…… 아마네 군은 체육대회가 싫죠?"

"뭐, 운동을 싫어하는 건 아니어도 강제하는 운동은 싫어. 개인이 자유롭게 운동하는 건 좋아하는 편이야."

같이 거실 소파로 돌아가면서 쓰디쓴 추억으로 남은 겨울 마라톤을 떠올린다.

체력이 없는 것도 아니고 수업에서 뛰는 거리라면 완주할 수 있는데, 시간 제한을 두고 거리도 지정하는 것은 솔직히 마음에 들지 않는다.

그냥 자기 속도에 맞춰 자신이 목표로 삼은 만큼 뛰면 기분이 좋은데, 역시 강제로 뛰는 것은 정신적으로 좋지 않다고 통감했다.

떫은 얼굴을 한 아마네가 아이스크림 뚜껑을 여는 것을 보면서, 마히루는 작게 쓴웃음을 지었다.

"이해하지 못하는 건 아니에요. 저도 남이 강제하는 건 별로 좋아하지 않으니까요."

"그렇지? 그러니 평범하게 해서 팀에 공헌하는 게 고작이야."

너무 성의 없이 했다간 비난을 받을 테고, 아마네 자신도 죄책감이 든다.

그러므로 죽을 각오로 할 수는 없지만, 적당히 실력을 발휘할 수 있게 노력할 작정이다. 뭐, 신청한 종목대로 된다면 애쓸 필요가 별로 없겠지만.

"후후, 활약하는 아마네 군을 못 봐서 아쉬워요."

"나만 믿어. 공 던지기로 활약……할지도 몰라."

"할지도 모르는 거군요."

"그야 수수한 종목이라서 주목을 안 받으니까"

왜 고등학생이나 되어서 공 던지기처럼 귀여운 종목이 있는지 알 수 없다. 오늘날에는 없어진 학교도 있을 텐데, 아마네의 학교에서는 아직 하고 있다.

운동이 젬병인 사람을 구제하는 조치일지도 모르지만, 그래도 공 던지기는 긴장이 부족해 보일 것 같다.

"아마네 군은 의외로 던지는 걸 잘하죠. 요전번 체육 시간에 농구할 때도 슛을 잘 넣었고, 쓰레기통에 티슈를 던질 때도 벗어난 적이 없으니까요."

더불어 "게으름쟁이 같지만요."라고 말을 추가한 마히루에게 아마네는 쓴웃음을 지을 수밖에 없었다.

"게으른 건 용서해 줘. 쓰레기통에서 안 벗어나니까."

"그야 집이니까 괜찮지만요. 그런데 아마네 군은 정말 정확하게 보고 던지네요."

"던지는 건 제법 잘해. 다트는 의외로 잘하는 편이고. 어머니를 따라가서 자주 했어."

어머니의 아들 동반 투어는 다방면에 걸친다.

서바이벌 게임이나 래프팅 같은 야외 활동부터 다트나 볼링,

게임 센터 등 이런저런 곳에 끌려가는 통에 쓸모없는 특기가 생겼다.

이번에는 그게 도움이 될 것 같으니까 전부 쓸모없다고는 말하기 어렵지만.

"아마네 군은 일종의 영재 교육을 받은 거 아니에요?"

"놀이 쪽으로는 그럴지도 모르겠네."

"다른 의미로 굉장하네요, 시호코 아주머니도."

마히루는 질린 게 아니라 감탄한 기색으로 중얼거리는데, 끌려다녀야 했던 아마네는 전면적으로 긍정하기 어렵다.

다만, 어머니에게 감사하는 것은 사실이다.

여러 가지를 경험하게 해 준 것도 그렇지만, 중학교 시절에 우울했을 때도 변함없이 대해 준 덕분에 치명적으로 삐뚤어지지 않을 수 있었다.

그건 그렇고, 역시 끌고 다니면서 사람을 지치게 하는 것은 제발 그만뒀으면 좋겠지만.

"뭐…… 그런 종목이니까 눈에 띌 일은 별로 없을 거야. 그럭저럭 애써 볼게. 약간 우울하지만."

그렇게 마무리하고, 적당히 잘 녹은 아이스크림에 스푼을 꽂아서 한 입 떠 보았다.

여담으로 지금 먹는 아이스크림은 편의점 한정인데, 유명 고급 초콜릿 회사에서 만든 단맛이 덜하고 진한 카카오 맛을 내는 아이스크림이다.

시중에 파는 것치고는 비싼 축에 속해서, 한 입 한 입을 소중히 먹으려고 한다.

"체육대회가 그렇게 싫은가요?"

"그야 슬슬 더워지는데 체육복 입고 밖에서 한나절 있으면 싫잖아. 천막을 친다고 해도 말이야."

"하긴 그것도 맞는 말이네요. 하지만 애써야 할 걸요?"

"그럭저럭 애써 볼게."

"참."

마히루가 입술을 비죽이지만, 시선이 스푼에, 정확히는 아이스크림에 쏠려서 무심코 웃고 말았다.

단 것을 좋아하는 마히루가 먹을 것도 살 걸 그랬다고 생각하면서, 아마네가 시험 삼아 마히루의 앞에 스푼을 가져가니 눈이 확 빛났다.

예전과 비교하면 정말로 참 알아보기 쉬워졌다고 몰래 웃고 마히루의 입술에 가까이 들이대자, 마히루는 주인의 손에서 먹이를 받아먹는 새끼 고양이처럼 거리낌없이 스푼을 입에 넣었다.

눈이 슥 가늘어진다.

아마도 맛있는 거겠지. 표정만 봐도 알 수 있다.

아마네도 그렇지만, 마히루의 미각은 다른 사람보다 민감하고 맛이 좋고 나쁘고를 확실하게 판단할 줄 아는 타입이다. 마히루가 맛있게 느끼는 것 같으니까 잘 고른 거겠지.

"이건 비싼 거잖아요?"

"알겠어?"

"애초에 포장을 보면 알아요. 생각했던 것보다 맛있어요."

"그래? 자."

한입을 더 떠서 내밀자, 순순히 입에 쏙 물고 만족스럽게 미소를 지었다.

실온에서 조금 방치한 아이스크림보다도 더욱 살살 녹는 표정을 짓는 것을 보니 속에서 뜨거운 게 얼굴로 슬금슬금 올라왔다.

(아차…… 무심코 그냥 먹였네.)

아마네는 마히루와 되도록 정상적인 거리감을 유지하려고 했는데, 금방 이러고 만다.

마히루 본인도 아마네를 의식하고 있는데도 이렇게 방심한 표정을 보이니까 피차 똑같은 거지만, 남자가 앙~ 하고 먹여 주는데 기뻐하는 것은 보통이 아니다.

"마히루, 전부 줄게."

"네?"

"나는 커피를 마실 테니까 괜찮아. 줄게."

곤혹스러워하는 마히루에게 아이스크림 컵과 스푼을 떠넘기고, 아마네는 도망치듯이 주방으로 가서 커피 메이커에 화풀이하듯 필터와 원두를 쑤셔 넣었다.

© Hanekoto

제14화 겁 많은 자신과 작별을

6월 초순. 서서히 땀이 맺히는 계절로 넘어가는 이 시기에, 아마네가 다니는 학교에서는 체육대회가 열린다.

고등학교 체육대회는 초중학교 운동회처럼 화기애애한 행사가 아니다. 굳이 말하자면 수업의 연장선 같은 분위기가 있어서, 학부모들이 보러 오는 일도 없다.

그래도 얼마 되지 않는 행사이기는 해서, 일부 학생들 사이에서는 열의가 끓어오른다. 특히 운동부 1학년은 동아리 고문에게 자신의 실력을 보여줄 기회라고 생각하는지 의욕이 넘쳤다.

반대로 문화부 소속 학생들은 별로 의욕이 없는 사람이 많다.

귀가부인 아마네는 의욕이 없는 사람에 속한다.

"지루해."

같은 천막에 있는 학생이 중얼거리는 소리가 들려서, 아마네는 슬쩍 쓴웃음을 지었다.

아마네도 의욕이 없지만, 노골적으로 표정에 드러낼 정도는 아니라서 아무렇지도 않은 얼굴로 있다.

다행히 신청한 것에서 첫 번째로 희망한 종목에 들어가 힘들게 뛰어다니는 종목에는 나가지 않는다. 힘들게 뛴다면 기껏해야 남자가 전부 참가하는 기마전 정도겠지.

"후지미야는 별로 싫은 눈치가 아니네. 싫어할 줄 알았는데."

같은 홍팀에 배정된 천막에 있는 유타가 뜻밖이라는 듯이 아마네의 얼굴을 본다.

"뭐, 신청한 대로 됐고 한가한 시간이 있는 만큼 이번에는 딱히 싫지는 않아. 그냥 공부하는 게 더 편하다고 생각하지만."

"그것도 특이하다고 생각하는데…….'"

"후지미야는 공부를 잘하는 대신 운동은 별로인 것 같으니까 어쩔 수 없지."

근처에서 이야기를 듣고 있던 카즈야의 말을 부정하지 못하고, 아마네는 씁쓸하게 웃었다.

실제로 그러니까 부정할 여지가 없지만, 역시 남이 지적하면 마음이 복잡하다.

물론 공부를 잘한다는 평가는 고맙고 다른 사람에게 그렇게 보인다는 사실에 감동하지만, 역시 문무겸비에 끌리는 것은 어쩔 수 없으리라.

"카도와키가 가르쳐 준 대로 단련 중인데, 조금만 더 확실한 메뉴를 짜는 게 나을까?"

"음. 우리가 하는 건 운동선수에 맞춘 훈련 메뉴니까 후지미야처럼 단련할 때는 지금처럼 하는 게 좋을 것 같은데. 집이 조금만 더 가까웠으면 같이 조깅해도 좋을 테지만."

"카도와키의 스피드와 체력에 따라갈 리가 없잖아."

"그렇다고. 내가 그거 했다가 숨넘어갈 뻔한 거 잊었어? 유타, 너는 조깅이 아니라 러닝이라고."

보아하니 마코토는 유타의 조깅에 따라간 적이 있는 듯 아주 질색한 표정을 지었다.

여담으로 마코토는 운동부가 아니라 문화부이며, 천문부 소속이라고 한다. 가냘프다고도 할 수 있을 만큼 마르고 작은 몸과 하얀 피부도 그렇고, 도저히 운동을 잘할 풍채는 아니다.

그렇다고 해도 가냘프고 몸도 작은 마히루가 운동을 척척 잘하는 것을 보면 다 그렇다고 말하기는 어렵지만.

"아니, 후지미야는 될 거 같은데. 마라톤 때도 별로 지친 기색이 없었고."

"요새는 단련도 하고, 나이를 먹었을 때를 생각해서 쇠약해지지 않게 애쓰고 있지만, 운동부는 따라갈 수 없는데?"

"지금부터 노후를 생각하는 사람은 너밖에 없어……."

"후지미야는 참 특이해. 아니, 재밌다는 게 맞을까?"

"그건 칭찬으로 하는 말이야?"

카즈야는 성격도 우직하고 성실한 남자지만, 말도 직설적이라서…… 쉽게 말해서 가차 없다는 것을 같이 지내면서 이해했다.

"카즈야는 칭찬한 거야, 아마도."

"그렇다면 고마워."

"별말씀을."

"대화가 뭐 이래……."

황당함을 감추지 않는 마코토도 비웃는 게 아니라 단순히 그냥 어이없는 눈치다.

게다가 조금은 흐뭇하게 보는 느낌이 있어서, 겉으로 드러내는 뜻이 전부는 아니겠지.

"자자, 카즈야가 어벙한 건 어제오늘 일이 아니니까."

"나는 어벙한 게 아닌데……."

"본인만 모른다는 거지. 됐어, 카즈야는 신경 안 써도. 너는 지금처럼 순수하게 있어 달라고."

"음. 그래?"

순순히 넘어가서 더는 추궁하지 않는 카즈야를 보고, 아마네는 "정말 그래도 돼……?"라고 중얼거리면서 운동장을 봤다.

운동장에는 선수들이 단거리 달리기를 하고 있었다.

트랙의 길이로 봐서는 100미터 달리기일 것이다. 첫 번째 주자들이 끝나고 두 번째 주자들이 서기 시작했다.

두 번째는 여자 주자들 차례인지, 홍팀에서도 다리가 빠른 여자들이 모여 있었다.

눈에 익은 적갈색 머리 소녀도 있다.

"치토세는 현역 육상부 대신 나왔는데, 그렇게 빨라?"

"그래. 시라카와는 빨라. 중학교 때는 육상부의 에이스였어."

"어? 그랬어?"

"응. 고등학교에 와서는 육상부에 안 들어간 것 같지만. 선배들과 실랑이를 벌이는 게 귀찮다고."

"실랑이를 벌인다고 생각하는 것부터 딴지를 걸면 돼?"

"아, 그게. 다 사정이 있다고 할까…… 뭐, 넌더리가 났다고 할까. 지친 거겠지."

"지쳤다고······?"

"시라카와가 이츠키와 사귈 때 우여곡절이 있었어. 뭐라고 할까, 이츠키를 좋아하는 선배가 육상부에 있었는데. 시라카와는 그 선배보다 성적이 좋아서······ 사이가 틀어졌다고 할까, 이런저런 일이 있었다는 거지."

"아, 이해했어."

지금은 같은 학년에서 다 인정하는 커플이지만, 중학교 시절 아직 사귀기 전에는 이츠키가 치토세에 열심히 대시했다고 본인에게 들었다.

지금보다 조금 차분한 성격이었다고 하는 치토세를 함락하는 데 막대한 시간을 들인 끝에 사귀게 되었다고 하는데.

그 모습을 이츠키에게 반한 같은 육상부 선배가 봤다면, 실랑이가 벌어지는 것도 쉽게 상상할 수 있다.

"질척질척한 인간관계에 질려서, 동아리에는 안 들어가기로 했다나 봐. 그래도 달리는 건 좋아하는 것 같으니까, 휴일에 뛰는 걸 자주 봐."

유타는 "같은 동네에 사니까."라고 말을 덧붙이고 웃더니, 크라우칭 스타트 자세를 잡은 치토세를 바라봤다.

초심자에 가까운 아마네가 봐도 치토세의 자세는 숙달되어 보이고, 깔끔하다고 생각했다.

멀리서 본 그 표정은 평소 장난치듯 웃는 명랑한 느낌이 아니라, 진지하고 예리했다.

신호총 소리가 운동장에 울려 퍼진다.

그 순간, 가장 먼저 움직인 주자는 치토세였다.

누가 봐도 입을 모아 깔끔하다고 할 폼으로 달리기 시작한 치토세는 현역 여자 육상부원도 멀리 떨어뜨리고 그야말로 바람처럼 뛰었다.

부드러운 머리카락이 뒤에 남겨진 것처럼 날리고, 몸은 오로지 앞으로만 나간다. 힘차게 바닥을 박차는 다리는 다른 선수보다도 빨리 골 지점으로 가고 있었다.

무심코 정신이 팔릴 만큼 아름답게 뛰는 모습을 보인 치토세는 어느새 골 테이프를 통과하고 있었다.

가장 먼저 코스를 완주한 치토세는 1등 깃발을 들고 홍팀…… 이쪽을 보고 씩 웃었다.

만족스럽게 깃발을 붕붕 흔드는 그 모습은 참으로 흐뭇한 느낌이 들었다.

100미터 달리기가 끝나고 천막으로 돌아온 치토세는 당당하게 가슴을 폈다.

"다녀왔어. 봤어?"

"봤어. 봤어. 진짜 빨랐는걸."

"와~ 고마워~!"

"그래. 역시 시라카와가 뛰는 걸 보면 기분이 상쾌해져."

현역 육상부원 둘이 칭찬해서 기분이 좋아진 치토세에게, 아마네도 "수고했어. 빠르던걸." 하고 칭찬을 말했다.

실제로는 생각했던 것보다 빨라서 질겁했지만, 치토세는 아무렇지도 않은 듯 "아, 즐거웠어."라고 느긋하게 웃고 있다.

달리는 동안과는 완전히 다르게 풀어진 느낌이 치토세다워서, 아마네도 안심하고 얼굴 표정을 풀었다.

"그나저나 시라카와는 여전히 빠른걸."

"헤헤, 일과로 단련하고 있으니까. 그야 현역 시절만큼은 빠르지 않지만."

듣자니 중학교 시절에는 지금보다 더 빨랐다고 하니 놀라울 따름이다. 어쩌다 보니 아마네의 주위에는 신체 능력과 두뇌 면에서 뛰어난 사람이 많아서, 평범한 아마네로서는 부럽기만 하다.

카즈야도 유타와 같은 중학교 출신이라고 하는데, 육상부 소속이 아닌데도 이만한 속도를 냈다는 사실에 놀란 눈치다.

"매번 느끼는 거지만, 왜 그렇게 빠른 거야? 역시 표면적이 작아서 공기 저항이 줄어드는 거야?"

"저기, 카즈짱. 표면적은 어딜 두고 말하는 거야?"

"응? 신장 말인데."

그거 말고 뭐가 있겠냐는 듯이 순수한 눈으로 보는 카즈야 앞에서 치토세가 눈썹을 모았다.

이건 분노가 아니라 자기 자신에게 느끼는 수치심이겠지. 가슴 이야기를 한다고 생각한 게 틀림없다.

여담으로 치토세는 마히루처럼 몸집이 작은 게 아니지만, 키가 크다고 말하긴 어렵다.

여자의 평균치보다는 조금 크지만, 육상 선수로 봤을 때는 별로 크지 않은 정도다.

게다가 굳이 말하자면 마른 체형이니까, 카즈야는 그 속도에 놀란 거겠지.

말하는 낌새로 봐서는 다른 뜻을 느낄 수 없으니까, 이건 완전히 치토세가 지레짐작했을 뿐이다.

"자폭했구나, 시라카와."

"마코칭, 입 다물어."

바로 얼굴을 붉히고 마코토의 등을 찰싹 때리면서 근처에 앉는 치토세를 보고, 아마네는 본인에게 안 들키게 슬며시 쓴웃음을 지었다.

아마네의 차례는 기본적으로 신청 종목인 공 던지기와 빌리기 경주, 남자 모두가 참가하는 단체 기마전 정도라서 생각보다 한가하다.

열기가 넘치는 다른 학생들은 더 많이 신청하기도 했지만, 아마네는 그런 열정은 없어서 두 종목과 단체 경기로만 좁혔다.

덧붙이자면, 공 던지기는 이미 끝났다.

정말로 분위기가 안 사는 경기라고 할까, 공을 높이 단 바구니에 던져서 넣는 단순 작업이다.

안에 들어간 공으로 경쟁하는 거지만, 원래 양이 많은 데다가 너무 열을 올릴 일도 아니라서 처음부터 끝까지 평화롭게 겨뤘다.

활약해 보라고 마히루에게 응원을 받고 경기에 임했지만, 공 던지기에 활약이고 뭐고 있을 리가 없다.

그냥 공을 몇 개 주워다가 방향을 잡아서 쌓고, 몰아서 던지는 수수한 작업을 반복하는 것이므로 눈에 띌 일은 없었다.

그저 정확하게 노리고, 몰아서 던진 것이 효과가 있었는지 백 팀보다 들어간 공이 많았을 뿐이다.

"진짜 수수한 종목에 나갔네, 아마네."

"말이 많아. 너희는 슬슬 교대 시간이지? 다녀와."

"아, 그랬지."

치토세는 일정표를 보면서 "실행위원은 제법 바쁘네."라고 투덜대고 운영 천막으로 간다.

그런데 왜 입후보했는지 모르겠지만, 지금 와서 할 말은 아니겠지.

잰걸음으로 후다닥 뛰어가는 치토세를 뒤에서 보면서, 아마네는 천막 기둥에 붙은 오늘 일정을 확인했다.

오전 일정은 이제 몇 종목만 더 하면 끝난다. 아마네가 마지막 개인 종목으로 나가는 빌리기 경주도 여기에 포함된다.

남은 종목이 끝나면 점심시간을 끼고 오후 일정으로 넘어간다.

아무튼 아마네는 빌리기 경주가 끝나면 오후 기마전 말고 나갈 종목이 없다.

"그런데 빌려야 할 때 운영이 그 녀석이잖아……."

치토세가 이 타이밍에 교대하러 갔다면 남은 종목은 치토세가 담당한다는 뜻이다. 빌려온 것을 판정하는 심판도 치토세가 할 텐데……. 딱 봐도 노린 것 같다.

누가 빌리는 것을 정했는지 모르겠지만, 멀쩡한 문제가 없을 것 같아서 조금 무섭다.

미묘하게 마음이 무거워지면서도 다다음으로 다가온 빌리기 경주 집합 장소로 가자, 마찬가지로 신청이 통과됐는지 마히루가 조용히 서 있었다.

말을 걸 이유가 없어서 아마네도 입을 다물고 있었는데, 시선이 마주친 마히루가 희미하게 웃으며 눈짓으로 인사했다.

밖에서는 타인처럼 대하지만, 조금 평소 웃음이 드러난 표정을 보고 심장이 살짝 뛰었다.

아마네도 무표정으로 똑같이 인사했는데, 왠지 거북한 것을 부정할 수 없다.

그런 아마네와 마히루를, 체육대회 운영으로서 집합을 전파하는 치토세가 유쾌하게 지켜봤다.

빌리기 경주 차례가 되고, 진행요원…… 지금은 치토세의 지시를 따라 운동장에 입장한다.

이미 운동장에는 접은 종이가 깔려 있고, 출발 신호가 나오면 그 종이를 주워서 문제에서 요구하는 것을 가져오면 끝이다.

빌리기 경주는 다른 달리기 종목과는 다르게 여흥에 가까운 종목이고, 빌리는 행위를 즐기는 것이 목적이므로, 별로 진지한 분위기는 없다.

다만 문제에 따라서는 창피를 당할 수도 있으므로 주의할 필요가 있으리라.

"출장 선수 여러분은 출발선에 서 주세요."

마이크를 써서 척척 지시하는 치토세는 장난만 안 치면 정말로 사회자에 딱 좋은 소녀다. 명랑한 성격도 그렇지만, 분위기와 상황을 파악할 줄도 안다. 귀에 잘 들어오고 너무 크지도 않게 맑은 목소리는 사람들이 경청하는 데 부족함이 없을 것이다.

전교생과 교직원들이 지켜보니까 지금은 장난기가 하나도 없는 치토세가 "위치로."라고 신호했다.

신호총 자체는 다른 남자 진행요원이 가지고 있으니까, 어디까지나 말로 박자를 세는 거겠지.

치토세가 "준비."라고 말하고 잠시 뒤, 신호총 소리가 울려 퍼졌다.

이 소리는 언제 들어도 심장에 안 좋지만, 내색하지 않고 천천히 뛰어서 바닥에 깔린 종이로 갔다.

이미 먼저 온 선수가 펼쳐서 문제를 확인하고 있는데, 아마네도 뒤따르듯 접힌 종이를 하나 주워 내용을 확인했다.

안에는 또박또박한 글씨로 이렇게 적혀 있었다.

『미인이라고 생각하는 사람』.

이런 패턴도 예상했지만, 물건이 아니라 사람을 빌리는 문제였다.

정말이지 누가 이런 문제를 생각했는지 따지고 싶었지만, 이 문제는 아마네도 아슬아슬하게 돌파할 수 있다.

가장 곤란한 『좋아하는 사람』도 아니고, 객관적으로 봐서 미인인 사람을 데려오면 된다.

즉, 모두가 인정하는 미인…… 마히루를 부르면 된다. 마히루가 빌릴 물건을 찾고 골인할 때 같이 가면 될 뿐이다.

마히루를 데려가면 너무 눈에 띌 것 같지만, 문제가 이러니까 내용을 알면 타당하다고 판단해 주리라.

그렇게 생각하고 문제를 줍고 있을 마히루를 찾으려는데······ 옆에서 누가 티셔츠를 움켜잡았다.

움켜잡은 게 아니라 살짝 손으로 집은 게 맞겠지만, 옷자락을 쭉쭉 잡아당기니까 아마네는 무슨 일인가 싶어서 뒤돌아봤다.

그러자 지금 찾는 사람이 머뭇거리며 아마네를 보고 있었다.

"후지미야 씨, 빌려야 하는 게 후지미야 씨라서. 후지미야 씨가 빌릴 물건을 찾고 나서 같이 가 주셨으면 하는데요."

"어? 내가?"

"네."

설마 서로 상대를 빌려야 한다고는 생각하지도 못했다.

어떤 의미로는 잘된 일이지만, 너무 눈에 띌 것 같다.

운동장 한복판에서 마히루가 말을 건 시점에서 눈에 띄고 자시고 할 것도 없지만.

골인 지점 너머에서는 심판인 치토세가 히죽거리는 느낌으로 이쪽으로 지켜보고 있다.

(이 자식, 나중에 두고 보자.)

애초에 문제의 글씨가 치토세의 글씨체라서 어느 정도는 노리고 낸 문제도 있을 것이다. 마히루가 뭘 주웠는지는 모르지만, 굳이 아마네를 지정한 것을 보면 마히루가 양보할 수 없는 문제임이 틀림없다.

"아…… 뭘 빌려야 하는데?"

"비밀이에요."

골인 지점에서 문제를 읽을 텐데, 마히루는 말하려고 들지 않았다.

그래서 한숨을 쉬고 골인 지점으로 이동하려고 했다.

"나도 너를 빌려야 해서 이대로 골인하자."

"후지미야 씨야말로 뭘 빌려야 하는데요?"

"비밀."

마히루와 똑같이 대꾸하자 작게 웃었다.

"그러네요. 골인한 다음이 기대되는걸요."

그렇게 속삭이고, 마히루는 아마네의 손을 잡았다.

주위에서 웅성거리는 것도 아랑곳하지 않고, 마히루는 아마네를 잡고 골인 지점으로 간다.

아마네는 미묘하게 속이 쑤셨지만, 신난 듯한 마히루를 보면 어쩔 수 없다고 생각하고 마니까, 먼저 반한 사람이 질 수밖에 없다는 것임을 잘 알았다.

아마네로선 왠지 적진에 있는 느낌이 드는 운동장을 가로질러서 골인 지점까지 가자, 아주 기분이 좋아 보이는 치토세가 맞이했다.

무심코 혀를 찼지만, 치토세는 신경 쓰는 기색도 없다.

"어허, 둘이서 골인? 둘 다 빌리기 경주 주자로 아는데."

"치토세, 이게 진짜. 히죽히죽 웃기는. 서로가 빌려야 하는 당사자였다고."

"하항~. 그러면 문제를 확인할 텐데, 누구부터 할래?"

"후지미야 씨부터 해 주세요."

마히루가 딱 지정해서 놀랐지만, 치토세가 잘 알겠다는 듯이 아마네의 손에 있는 종이를 가리켰다. 보여달라는 뜻이겠지.

딱히 감출 것도 아니어서 순순히 치토세에게 문제를 보여줬다.

문제의 내용을 본 치토세는 미묘하게 실망한 표정을 지었다.

뭘 기대했는지 모르겠지만, 원하던 게 아니었던 거겠지.

그래도 다시 정신을 차리고 싱글싱글 웃으면서 마이크를 입에 가까이 댔다.

"현재 문제를 확인하고 있습니다. 홍팀 1등의 문제는······ 『미인이라고 생각하는 사람』이네요."

군중은 문제 내용을 듣고 왠지 안심한 분위기를 보였다.

참으로 무난한 선택이겠지, 아마네가 아는 선에서 교내에서 마히루보다 미인인 사람은 없고, 아마네 자신도 역시 마히루가 가장 예쁘다.

아마네 개인의 의견을 빼더라도, 마히루를 데려온 것은 전혀 이상하지 않다.

마히루와 둘이서 골인하는 바람에 아마네에게 적개심이 쏠렸지만, 문제 내용으로 조금은 풀어졌을 것이다.

진짜 문제는 마히루의 종이다.

무슨 문제인지 아마네는 모르지만, 일부러 아마네를 지정한 만큼 아마네의 평화로운 학교생활에 바람직하지 않을 것 같아서 불안하다.

치토세는 마히루에게 문제가 적힌 종이를 받고 눈을 크게 깜빡이더니, 이어서 마히루의 눈치를 살폈다.

아마네가 있는 곳에선 뭐가 적혔는지 안 보이는데, 치토세의 표정에서 '말해도 돼?' 라는 분위기가 엿보였다.

(대체 무슨 문제인데 나를 데려온 거야.)

치토세의 반응을 보니 더더욱 알 수가 없었다.

마히루는 여전히 온화하게 미소를 띠고 있다. 즉, 그대로 읽어도 문제가 없다는 의사를 표명한 셈이다.

치토세를 그것을 확인하고 이전처럼 웃는 얼굴로 돌아왔다.

"아아~ 이어서 공동 1등인 백팀의 문제를 확인했습니다. 백팀 1등의 문제는 『소중한 사람』입니다."

치토세의 목소리가 운동장에 퍼진 순간, 학생들의 대기 장소에서 술렁거리는 소리가 퍼졌다.

아마네가 반사적으로 마히루를 보니―― 마히루는 아마네의 눈을 보고 연홍색 입술로 입꼬리를 살짝 올리고 웃었다.

그게 장난에 성공한 아이의 웃음처럼, 수줍음을 포함한 미소처럼도 보였다.

확실한 것은 아마네가 이 문제를 알았을 때의 반응을 보려고 바라보고 있었다는 점이리라.

(이런 악마가 다 있나…….)

생각이 깊은 마히루라면 문제를 공개한 시점에서 주위 사람들이 어떻게 반응할지 쉽게 예상했을 것이다.

그래도 마히루는 아마네를 데려가기로 했다. 관계에 변화를

© Hanekoto

부르기 위해서.

앞으로는 어정쩡한 타인으로 있을 수 없다.

언제나 학교에서 보여주는 우아한 미소가 아니라 아마네에게 보여주는 진짜 미소를 보고, 아마네는 "나중에 꼭 따질 줄 알아."라고 투덜거리고 손으로 머리를 벅벅 긁었다.

"어떻게 된 거야, 후지미야."

아니나 다를까, 오전 일정이 끝나고 교실로 돌아가자 반 남자들이 따지고 덤비는 사태에 직면했다.

절벽 위에 핀 꽃처럼 동경하는 존재인 마히루가 사람들이 보는 앞에서 아마네를 소중한 사람으로서 빌린 것이다. 남자로서 속이 편안할 리가 없는 것도 이해하지만, 한꺼번에 몰려들어서 물어봐도 아마네는 곤란할 뿐이다.

"왜 네가 시이나 양하고?! 소중한 사람이라고?"

"대체 언제부터!"

"접점도 전혀 없었지?! 같이 밥 먹은 지도 얼마 안 됐잖아?!"

"어디가! 시이나 양은 네 어디가 좋다는 거야!"

"전혀 이해할 수 없어!"

계속해서 말을 쏟아내는 통에, 아마네는 눈이 흐릿해졌다.

솔직히 따지고 들 거라고 예상했지만, 남자들의 질문 공세가 생각했던 것보다 심해서 점심을 먹을 시간도 없을 지경이다.

당연히 남자들만 반응한 게 아니다. 여자들은 질문에 참전하지 않았지만, 뭔가 감정하는 듯한 시선, 즐거워하는 시선, 왠지 모르게 안도하는 시선으로 봤다.

아마도 마히루처럼 여자들 최대의 라이벌 같은 존재가 아마네에게 호감을 보인다는 사실 때문이리라.

뭔가 평가하는 듯한 시선은, 그런 마히루가 좋아하는 상대가 어떤 사람인지 가늠하려는 것이다.

반에서 온통 시선을 모으고 있는 아마네는 정말 버티기 힘들다.

덧붙이자면, 마히루 본인은 스포츠드링크를 사러 자판기로 가서 자리에 없다. 이츠키와 유타는 남자들의 기세에 밀려 조금 떨어진 곳에서 "아아⋯⋯." 하고 쓴웃음만 지었고, 치토세는 미묘하게 들뜬 표정으로 이쪽을 지켜보고 있다.

인정머리도 없는 자식들이라고 욕하고 싶어지는 것을 꾹 참으면서, 아마네는 주위에 있는 반 아이들에게 되도록 평소와 같은 표정을 보이려고 고개를 들었다.

더는 도망칠 수 없다면, 각오할 수밖에 없다.

게다가 마히루의 마음을 외면할 수 없다. 마히루가 내디딘 걸음을, 내민 손을, 아마네가 뿌리칠 수는 없었다.

완전하게 자신감이 생긴 것은 아니지만, 그래도 이렇게 마히루가 공개적으로 말해 준 용기를 헛되게 하고 싶지는 않아서, 그 마음으로 천천히 입을 열었다.

"한꺼번에 물어봐도 대답할 수 없으니까, 하다못해 한 사람씩 말해 줘."

어차피 멋대로 소문이 퍼질 거라면 자신의 입으로 사실을 전하는 게 좋다고 각오하고서 앞을 봤더니 남자들이 주춤거렸다.

아마네가 전면적으로 인정하고 당당하게 나설 줄은 몰랐나 보다. 그렇게 생각하고 싶지 않았다는 것이 정답일지도 모르지만.

"대체 언제부터 시이나 양과 가까워진 건데?"

"작년부터."

어차피 숨겨도 애초에 아마네가 마히루의 곁에 있으려고 외부용으로 몸단장하면 드러날 일이라서 되도록 아무렇지 않게 말했다.

"뭐? 어, 그러면 너, 새해 신사나 연휴 때 시이나 양과 소문이 났던 그 남자도."

"내가 맞을 거야……."

그러므로 반 아이들 사이에서 마히루가 연휴 때 말한 '소중한 사람'이 방금 말한 '소중한 사람'과 직결되는 것도 어렵지 않을 것이다.

마침 연휴 때 외출했다가 목격했다고 하는 같은 반 여자애가 이쪽을 봐서 의심을 사지 않는 정도로만 시선을 피했다.

모두의 관심을 끈 수수께끼의 남자가 사실은 자신이라는 것에 조금은 미안한 마음도 들지만, 마히루가 아마네를 멋지다고 생각해 준다고 하니까 현재로서는 그래도 되겠지.

감정하는 듯한 시선이 강해진 것을 절실히 느끼면서, 아마네는 몰려든 반 아이들에게 최대한 잔잔한 시선을 돌렸다.

"어, 어떻게 친해졌는데?"

"딱히 접점은 없었잖아! 그런데 왜 처음에는 모르는 척을."

"집이 가까워서 인연이 있었어. 그리고 모르는 척한 것도 이렇게 소란이 날 줄 알아서 그런 거고, 지금처럼 무조건 이것저것 캐물을 게 뻔하잖아."

그야말로 지금 같은 일이 생기니까 말하지 않았다는 뜻을 전하자, 몰려든 아이들도 짚이는 구석이 있는지 살짝 신음했다. 다만 역시 두 사람의 관계에 불만이 있는지 "이해할 수 없어……."라고 중얼거리는데, 아마네도 딱히 이해해 주길 바라는 게 아니라서 그냥 흘렸다.

"후지미야는, 저기, 시이나 양과 사귀는 거야?"

그리고 한 사람이 아마도 가장 궁금했을 것을 물어봤다.

아마네는 조용히 미소를 지었다.

"사이좋고, 서로 소중하게 여긴다는 자신은 있지만. 사귀는 건 아니야. 내가 호의를 보이는 거니까."

좋아한다는 말은 쓰지 않았다.

이렇게 된 이상, 이 말은 본인에게 해야 한다. 정말로 좋아한다는 말로는 표현할 수 없을 정도로 많은 감정을 내포한 호의지만, 간단하게 전하자면 그 말이 제일 좋을 것이다.

반쯤 공개 처형 같지만, 왠지 마음이 편한 것은 숨길 필요가 없어져서 솔직하게 말할 수 있었기 때문이리라.

"천사님한테 관심이 없어?"

"거짓말은 안 했어. 천사님한테는 관심이 없어. 내가 보는 사람은 시이나 마히루라고 하는 평범한 여자애니까."

문무겸비&외모도 좋은 재녀이고 다소곳하고 차분해서 주위에서 인망이 두터운 천사님이 아니라, 노력가이고 타인을 멀리하는 주제에 외로움을 잘 타고, 경계심이 강하면서도 방심하면 무방비하기 짝이 없는, 그렇게 평범하고 귀여운 여자애를 다른 누구보다도 사랑스럽게 여긴다.

천사님이 아니라, 천사님이라는 일부를 포함해서 전부 좋아한다. 아마네는 마히루가 걸친 외부로 내비치는 천사님의 외투에 관심이 있을 리가 없다.

딱 잘라서 말하는 아마네를 보고, 주위 아이들보다 더 거세게 반발했던 남자가 말문이 막혔다가 눈꼬리를 내리고 입을 열려고 했다.

"그 사람을 너무 괴롭히지 마세요."

그리고 아마네에게 뭔가 말을 꺼내기 전에 누군가가 제지했다.

도움을 준 사람은 또다른 화제의 인물인 마히루였다.

스포츠드링크를 사러 가서 교실에 늦게 온 마히루의 손에는 조금 올라간 기온 탓에 땀이 맺힌 스포츠드링크 페트병이 있다.

아마네와 눈이 마주치자 부드럽게 미소를 짓는다.

"점심시간에 식사를 못해서 아마네 군이 곤란해하잖아요?"

친한 사람들 사이에서만 쓰던 이름으로 부르는 것을 보면, 마히루도 감출 생각이 없다는 뜻이리라.

남녀 모두의 시선이 쏠리는데도 신경 쓰는 기색이 없는 마히루를 보고 인내심이 바닥난 듯한 남자…… 아까부터 아마네에게 거칠게 따지고 들던 남자가 앞에 나와 마히루에게 다가간다.

모두가 물어보고 싶은 것을 대변하려고 한다는 것을 짐작한 주위 사람들이 길을 터 줬다. 아마네를 향한 질문 공세도 지금은 멈춰 있었다.

"시이나 양! 후지미야가 소중한 사람이라고 했는데."

"아마네 군은 제 소중한 사람이에요."

딱 잘라서 말한 마히루는 여전히 미소를 짓고 있었다.

조금도 빈틈이 없는 천사님의 미소를 지은 마히루에게 잠시 주춤한 남자는 주위 시선에 떠밀렸는지 다소 힘이 빠진 투로 말했다.

"그, 그건…… 좋아하는 사람이냐는 의미로 물어본 건데."

"만약 그렇다고 치고, 당신은 제게 뭘 말하고 싶은 거죠?"

"아니, 그건 말이지. 그게, 만약…… 좋아한다면…… 왜 후지미야 따위를."

"후지미야 따위를?"

"아, 아니, 그게 아니라. 저기, 시원찮은 후지미야랑 시이나 양이 사귀면 이상해서. 더 좋은 사람도 있을 테고."

"그런가요."

이건 마히루의 지뢰를 밟았다고, 아마네는 눈빛을 흐렸다.

마히루는 아마네가 스스로 비하하는 것을 싫어한다. 듣기로는 부당한 평가를 하는 게 싫다는 듯하다.

즉, 타인을 깎아내리는 것도 싫어한다는 뜻이다.

아마네는 마히루에게 보이는 자신은 그렇다 쳐도, 속내를 드러내지 않는 학교에서는 대다수가 시원찮은 남자로 보는 것을 부정하지 않고, 정당한 평가라고 생각한다.

다만 마히루가 그 평가를 허용할지 어떨지는 경우가 다르다.

마히루의 미소는 변하지 않는다. 여전히 천사님의 미소다.

다만 흘리는 분위기가 조금 딱딱해졌다. 친한 사람이 보면 겨우 알아챌 정도인데, 캐러멜색 눈에는 조금 살벌한 기색이 드러나고 있었다.

"저기."

"어디가 시원찮나요?"

"어? 그게."

"구체적으로 어디가 시원찮은지 말해 주시겠어요?"

"부, 분위기라든지. 얼굴이라든지."

"당신은 좋아하는 사람을 얼굴로 고를 건가요?"

"아, 아니. 그게."

"얼굴만 보고 좋아지는 건가요? 앞으로 오랫동안 함께할지도 모르는 상대를, 당신은 얼굴로 고를 건가요?"

이때까지도 마히루는 천사의 미소를 짓고 있었다. 그런데도 묘하게 압박감이 드는 것은 마히루가 미묘하게 화났기 때문이겠지.

조금 떨어진 곳에 있는 아마네가 그 압력을 느낄 정도니까, 대치한 당사자는 더 많이 느낄 것이다.

이제는 마히루가 웃으면서 화낸다는 것을 짐작했으리라.

등밖에 안 보이지만, 몸이 조금 움츠러든 것을 알 수 있다.

"그, 그건……."

"가장 근본적인 문제로, 제가 어떤 이유로 누구를 좋아하든,

남이 간섭할 이유는 없다고 보는데요."

부드럽게 미소를 지은 입술 사이로 나온 말은, 온화한 목소리와 말투와 정반대로 날카로웠다.

아마네가 아니어도 마히루가 분노했음을 알 만큼, 마히루는 웃으면서 화내고 있다.

"조금 심하게 몰아붙였네요. 미안해요."

앞에 있는 남자가 말문이 막힌 것을 보고, 마히루는 그제야 겨우 힘이 풀린 듯이 난처한 기색으로 미소를 지었다.

기본적으로 온화하게 항상 생긋생긋 웃는 마히루를 화나게 했다는 사실에, 대치했던 남자는 조금 휘청거리고 있었다.

"당신이 한 말을 정정할게요. 아마네 군은 멋지고 자상한 사람이에요. 과묵하고 따스한 분위기도 근사하다고 생각해요. 더군다나 매우 신사적이고, 저를 존중해 주는 훌륭한 사람이에요. 제가 힘들 때는 곁에서 지탱해 주는, 배려심이 있는 사람이에요. 적어도 남을 헐뜯거나 다른 사람의 연애를 방해하려는 사람은 아니에요."

덧붙인 말은 마지막 선고일 것이다.

즉, 자신의 앞에서 아마네를 헐뜯은 당신은 절대로 좋아할 수 없다고 선언한 것이다.

"더 하고 싶은 말이 있나요?"

귀엽게 웃고 고개를 살짝 기울이며 물어보는 마히루에게, 이미 한계인 듯한 남자는 "어, 없습니다."라고 기어드는 목소리와 함께 고개를 젓고 마히루의 앞에서 흐느적흐느적 물러났다.

마히루의 시선이 곧장 아마네에게 돌아갔다.

사람들이 보는 앞에서 고백 같은 소리를 듣는 바람에 앞으로 어떻게 마음을 전하면 좋을지 얼굴을 굳힌 아마네에게, 마히루는 오늘 가장 환한 웃음을 지었다.

천사님의 미소와는 전혀 다른, 집에서 보여주는 것처럼 기쁨으로 가득해 싱그러운 웃음이었다.

"같이 식사해요, 아마네 군."

"그래⋯⋯."

이제는 아마네에게 따지고 드는 남자가 없었다.

"기어코 먼저 말하게 했구나."

"그 점은 미안하다고 생각해."

오후 일정이 시작되고 몇 경기 뒤에 있을 기마전을 대비해서 모였을 때, 아마네는 유타가 흘린 말을 듣고 눈이 처졌다.

천막에서 조금 떨어진 데 있는 이유는 에워싼 주위의 시선이 성가시기 때문이다.

지금도 시선이 있지만, 지척에서 쏠리는 것과는 비교도 안 되니까 그나마 낫겠지.

카도와키의 말은 원래라면 '아마네가 먼저 말해야 하는 거 아니야?'라는 뜻을 내포하기 때문에 반론할 수가 없다.

"어렴풋이 짐작하긴 했지만, 시이나 양이랑 후지미야는 그렇게 사이가 좋았어?"

아마네와 마히루의 관계 변화를 은근슬쩍 눈치챈 듯했던 마코토가 의아한 기색을 보였다.

"음…… 내가 봤을 때는 왜 아직 안 사귀나 싶을 수준이었는데? 오히려 시이나 양이 지금까지 잘 참았다고 봐."

"그런데 감추고 살았구나. 뭐, 오늘 점심때 소동을 보면 감춘 이유를 알겠어."

진짜 위험했다고 동정하는 눈으로 본다.

마코토와 카즈야도 같은 교실에 있었는데, 그렇게 에워싸여 질문 공세를 당하니 도저히 다가갈 수 없었다고 한다.

아직 친목을 다지지 않은 두 사람은 올바르게 판단한 셈이지만, 이츠키와 유타는 조금 도와줘도 좋았을 텐데.

"그건 진짜 굉장했어. 그냥 봐도 한심한 놈들이었는데, 시이나가 딱 잘라서 속이 다 시원했다니까."

"한심하다고 해도, 걔들도 그만큼 충격이 커서 그랬을 거라고 생각하지만……."

"음? 그래? 하지만 남자라면 좋아하는 여자애 앞에서 당당하게 고백하면 되잖아. 그러지도 않고서 매달린 끝에 후지미야를 욕하는 건 한심한 거 맞지. 위험을 무릅쓰지 않으면서 바라는 것만 많고, 자기가 못 가질 것 같으니까 떼를 쓰는 건 한심한 걸 떠나서 애들이나 할 짓인데 말이야."

"으극."

"카즈야. 내용의 일부가 후지미야에게 비수로 꽂혔어."

남자라면 앞에서 당당하게 고백해라. 그것은 지금의 아마네에게 아주 푹 박히는 말이었다.

"뭐, 내가 봐도 후지미야는 답답하니까."

"그건 시이나 양의 의사 표명이겠지."

그 정도는 알고 있다.

이런 일까지 당하면 자신과 상대 모두 얼버무릴 수 없다. 틀림없이 호감이 있다고 단언할 수 있다.

이런 일까지 시켜 놓고서 아무것도 안 하면 남자도 아니라는 사실은 잘 안다.

마히루가 똑바로 호의를 밝혔다면, 성의껏 대답해 줘야 한다는 사실도. 옛날에 진즉 답이 나왔으니까, 이제는 전하는 방법이 문제다.

"집에 가면, 잘 말할 생각이야. 학교에선 안 말해."

마음은 전하겠지만, 학교에서 말할 생각은 없다. 둘만 있을 때 전해야 할 테고, 마히루의 표정은 자신만이 간직하고 싶다.

이미 공개 고백에 가깝게 일이 흘러갔지만, 그래도 마음을 주고받을 때만큼은 다른 사람이 없는 곳에서 있고 싶었다.

각오를 다진 아마네에게, 카즈야가 만족스럽게 웃는다.

"그래. 그래야지. 아무튼 기마전에서 상대를 해치우는 게 먼저야."

왠지 모르게 기쁜 눈치로 "틀림없이 우리를 노릴 거야."라며 웃는 카즈야에게 쓴웃음을 흘린다.

위에 타는 마코토는 질겁한 기색으로 "내 부담이 너무 크지 않아?"라고 투덜대지만, 정말로 싫어하는 게 아니라 그냥 못 말리겠다는 투여서 조금 안심했다.

"후지미야도 카즈야를 본받는 게 어때? 여러모로 잘 해치워 봐야지?"

"노력해 볼게."

마히루를 노리는 손길을 전부 물리치고 자신만의 것으로 삼을 정도로는 패기를 가져야 한다.

(집에서 꼭 말하자.)

그러기 위해서라도 오후 일정을 무사히 넘겨야 한다──고 다짐하는 아마네를 보고, 세 사람은 얼굴을 맞대고 웃었다.

"험한 꼴을 봤어……."

욕실에서 흙과 먼지를 씻어내고 깨끗해진 아마네는 운동한 뒤 특유의 기분 좋은 나른함에 몸을 맡기듯이 소파에 몸을 기댔다.

기마전은 걱정했던 대로 적 팀의 공격이 강렬했다.

그야 예상은 했지만, 적극적으로 부딪히려고 뜨는 바람에 다른 세 사람에게 부담을 많이 주고 말았다.

다만 카즈야는 신나서 '이것도 다 청춘이지'라고 호전적으로 웃은 걸 보면, 아마도 카즈야는 이런 경기를 전체적으로 좋아하는 것이리라.

결국 적 팀의 지나친 공세에 끝까지 남지는 못했지만, 기수인 마코토가 건투한 덕분에 생각했던 것보다 적 팀의 머리띠를 많이 빼앗았다.

활약한 사람은 마코토지만, 적 팀에서 구경하던 마히루가 아마네에게 미소를 짓는 것이 보였다.

그렇게 오후 일정도 겨우 끝나서 폐회식을 마치고, 행사 때마다 항상 그렇듯 뒷정리를 한 다음에 지금 이렇게 집에 있다.

오늘은 이런저런 일이 너무 많아서 육체와 정신이 모두 피곤했지만, 오늘은 그것만으로 끝나지 않는다.

(말해야지…….)

마히루가 그만한 용기를 내서 아마네와의 관계를 공개하고, 아마네와 함께하기를 선택해 주었다.

그 마음에 응하지 않고 미뤘다간 어딜 가서 남자라고 명함도 내밀지 못하겠지.

(어떻게 말해야 좋을까?)

결심하기는 했지만, 막상 고백하려니 갈피를 못 잡고 망설이니까 아마네가 소심하다는 소리를 듣는 거겠지.

아마네는 태어나서 처음으로 정말로 좋아하게 된 사람에게 고백하는 셈이니 당연히 고민할 수밖에 없다.

'여자라면 역시 낭만적인 분위기에서 해야 기쁠까?', '어떤 식으로 마음을 전해야 좋아할까?' 처럼 아무리 고민해도 답이 안 나와서 생각이 빙빙 맴돌 뿐이다.

이것도 아니다, 저것도 아니다, 이마를 붙잡고 생각하고 있을 때—— 현관문이 열리는 소리가 났다.

놀라서 몸을 흠칫한 것은 그 소리가 여벌 열쇠의 주인이자 아마네를 고민하게 하는 소녀의 방문을 알려주기 때문이다.

이토록 현관에서 나는 소리에 신경을 곤두세운 적은 없었다.

문이 닫히고, 잠기는 소리가 났다.

타박타박. 공기가 섞인 듯 슬리퍼로 바닥을 밟는 소리가 나
고…… 눈에 익은 황갈색 머리 소녀가 현관과 이어진 복도에서
나타났다.

"아마네 군."

연홍색 입술이 살짝 움직여서 부드러운 표정을 만든다.

학교에서 있었던 소동을 조금도 느끼지 않을 만큼 평소와 똑
같이, 아니 평소보다도 더 싱그럽게 웃는 마히루를 보니 심장이
점점 빨리 뛰기 시작한다.

아마네의 동요를 아는지 모르는지, 마히루는 평소처럼 아마
네의 옆자리에 앉았다.

두 사람의 거리는, 주먹 하나도 안 들어갈 정도.

마히루가 자세를 바로잡으려고 하자 부드러운 머리칼이 파도
치듯 일렁이고 샴푸 향기가 한없이 전해진다.

아무래도 아마네처럼 집에서 땀을 씻으려고 먼저 목욕하고 온
듯하다. 자세히 보니 매끄러운 우윳빛 피부도 평소보다 혈색이
좋았다.

목욕을 마친 마히루를 의식하고 괜스레 더 긴장해 몸을 굳힌
아마네에게, 마히루는 우아하게 미소를 지었다.

"아마네 군. 물론 아마네도 군도 저한테 말하고 싶고 물어보
고 싶은 게 많을 테지만요……. 먼저 하나 말해도 될까요?"

"그, 그래?"

갑자기 뭔지 싶어서 경계하는 아마네에게, 마히루가 머리를
숙였다.

"빠져나갈 길을 막고 아마네 군에게 달갑지 않은 시선을 쏠리게 한 건 미안해요. 정말 죄송해요."

"어?"

"그게…… 그렇게 될 줄 알았으니까요."

고개를 든 마히루가 거북하게 고백한 것을 듣고, 뭘 미안해하는지 이해했다.

마히루는 자신의 영향력을 알고, 그렇기에 지금까지 누구나 좋아할 수 있게 연기하는 데 신경을 썼다.

그런 마히루가 사람들 앞에서 아마네를 소중한 사람이라고 밝힌 것이다. 사람들이 혼란에 빠질 것은 뻔했고, 마히루도 그걸 알면서 그랬다는 사실을 아마네도 잘 알고 있다.

"뭐, 그건 너도 알면서 했을 거라고 나도 이해했으니까."

"화내지 않나요?"

"화내진 않아."

"그런가요. 다행이에요."

오히려 아마네는 마히루가 다 각오하고 그랬기에 결심할 수 있었고, 본인의 진심을 알았으니까 전혀 싫지 않다.

게다가 아마네도 마히루에게 손을 내밀 각오가 생겼다.

한차례 심호흡하고, 마히루의 눈을 똑바로 봤다.

그 눈은 평소보다도 맑고 고요하고, 숨이 막힐 정도로 분위기가 차분했다.

"나도, 사과해도 될까?"

"뭘요?"

"겁이 많아서, 미안해."

마음을 전하기 전에, 해야 할 말이 있었다.

"알면서도, 나서는 게 무서워서, 눈을 돌리고, 마히루의 마음을 모르는 척, 못 본 척해서, 미안해."

어렴풋하게 느꼈다. 하지만 외면했다. 마히루의 호의를.

한심하니까 좋아하지 않을 거라고, 이러니까 좋아할 리가 없다고, 그렇게 자꾸 변명하다가, 아마네는 여기까지 오고 말았다.

이제는 도망칠 생각이 없다.

마히루의 마음과 자신의 마음을 마주하고, 꾸미지 않고 있는 그대로의 마음을 전하고 싶었다.

이번에는 눈을 돌리지 않게 똑바로 보자── 마히루가 작게 웃었다.

"그건 서로 똑같지 않나요? 저도 그랬어요. 저도…… 아마네 군이 어떻게 생각하는지, 확신하지 않았으면 이렇게 용기를 내지 못했을 테니까요."

아마네에게 슬며시 손을 뻗은 마히루는 희미하게 웃으면서 아마네의 손을 만졌다.

"그래서 말했잖아요? 저는 치사하다고."

"글쎄. 내가 더 치사해."

마히루의 치사함은 귀여운 수준이라고 쓴웃음을 지은 아마네는 감싸는 마히루의 손을 피하고, 그 대신에 마히루의 몸을 감싸듯이 천천히 끌어안았다.

갑작스러운 일에 품에서 가녀린 몸이 긴장하지만, 이어서 아마네에게 안긴 것을 이해했는지 마히루가 몸에서 힘을 살며시 풀었다.

예고도 없이 끌어당겨서 그런지 아마네의 다리 위에 올라간 마히루는 가슴을 손으로 짚고 아마네를 올려다본다.

캐러멜색 눈에서는 놀라움과 곤혹스러움, 나아가 기대하는 기색이 엿보였다.

"내가…… 말하게 해 줄래?"

작게 속삭이자 아주 조금 얼굴을 붉힌 마히루가 고개를 끄덕이고 잠시 응석을 부리듯 아마네의 가슴에 몸을 기댔다.

"있잖아. 나는 누군가를 진심으로 좋아한 게 처음이야. 애초에 그럴 일이 없다고 생각했었어. 불가능하다고 생각했었어."

"옛날 일 때문인가요?"

"그래. 그럴 거야."

마히루를 떼어놓지 않듯이 꼭 안으면서 나지막이 중얼거렸다.

아마네가 이토록 좋아한다고 말하기를 주저하고, 상대가 자신을 좋아한다고 인식하기를 마음속으로 거부한 것은 중학교 시절에 있었던 일을 아직 질질 끌고 있기 때문이다.

자신감이 안 생겨서, 다른 사람에게 호의를 드러내는 것이 무서웠다. 혹시라도 거부당할 때를 생각하면, 뭐든지 집착하지 않는 게 좋다고 생각했었다.

그랬는데도 변한 건, 마히루를 만났기 때문이리라.

"그래서 누군가를 진심으로 좋아하는 일은 없다고 생각했던 거야. 쉽게 뒤집힐 줄은 몰랐지만."

다시 품에 안긴 마히루를 봤다.

눈에 들어오기만 해도 가슴이 은은하게 따뜻해지고, 얼굴이 뜨거워지는 마음과 사랑스러운 감정으로 가득 차는 경험은 필시 마히루가 처음이자 마지막일 것이다.

그만큼 아마네는 마히루에게 끌렸다.

"진심으로 좋아하는 사람과 만나면, 사람은 변하는 것 같아."

마히루와 만나고, 아마네는 변했다.

마히루 덕분에 마음속 수렁에서 벗어나듯이 한 걸음 내디딜 수 있었고, 자기 자신을 조금씩이나마 인정하게 되었다.

누군가를 좋아한다는 감정도, 자신을 좋아해 주길 바라는 욕망도 생겼다. 자신의 손으로 감싸서 소중하게 아끼고 싶다는 마음도 알았다.

"처음에는 있지. 너를 귀엽지 않다고 생각했어."

"알아요. 대놓고 말했으니까요."

"그때는 미안해, 정말로."

그때는 아마네나 마히루나 서로를 별로 좋게 보지 않았던 시기라서, 귀엽지 않다는 막말을 하고 말았다. 아마도 마히루도 아마네를 무뚝뚝하고 게으르게 사는 한심한 남자라고 생각했겠지.

"처음 만났을 때는 솔직하지 않고, 쌀쌀맞고, 귀여운 구석도 없어서, 서로 이해득실을 따지는 관계면 된다고 생각했었어. 그런데 어느새 부족하게 느끼기 시작했어."

처음에는 괜히 엮이고 싶지 않았다.

그건 언제부터 변했을까.

"더 많이 알고 싶어졌어. 맞닿고 싶어졌어. 소중히 여기고 싶다고 진심으로 생각하게 되었어. 원한다고, 생각했어. 이런 건 처음이야."

"네……."

"쭉, 참았어. 내 주제에 뭘 바라냐고. 하지만…… 네가 괜찮다고 말해 주어서, 포기하지 않고 어떻게 하면 너와 어울리는 사람이 될 수 있을까 고민했어. 뭐, 내가 뭘 어쩌기도 전에 마히루 네가 먼저 움직였지만."

"후후. 저도 참았어요. 아마네 군은 멋진 사람이니까, 다른 사람한테 빼앗기면 어쩌나 싶었고요. 저를 좋아해 줄지 어떨지 가슴을 졸였어요."

"그렇게 취향이 이상한 사람은 너밖에 없을 거야."

"으. 또 그런 말을……."

마히루는 아마네가 또 자기 자신을 비하했다고 못마땅한 기색인데, 아마네가 지은 표정을 보고 눈을 연신 깜빡였다.

지금의 아마네는 마히루가 항상 핀잔을 주는 한심한 얼굴이 아니라, 각오를 마치고 진지한 표정이었다.

"그래서…… 앞으로는, 그 취향이 이상하지 않게 노력할게."

"네?"

"마히루가 남자 보는 눈이 없다는 소리를 듣지 않게, 노력해서 좋은 남자가 될게. 마히루와 비교해서 부족하지 않을……

정도는 못 되더라도, 가슴을 펴고 당당하게 있을 정도로는."

아마네는 누가 뭐라고 하지 못할 정도로, 마히루의 곁에서 당당할 수 있도록, 훌륭한 남자가 되려고 한다.

마히루를 위해서만이 아니라, 자기 자신을 위해서라도. 자신감을 찾기 위해서라도.

그 첫걸음은 이 말로 시작해야 하리라.

"마히루, 너를 세상에서 가장 좋아해. 나랑…… 사귀어 줄래?"

속이 비칠 것처럼 맑은 캐러멜색 눈을 똑바로 보면서 천천히 속삭이자, 맑고 고운 그 눈에 막이 생기듯이 촉촉해진다. 그러나 방울져 흘러내리는 일은 없이 그저 아마네를 비추고 있다.

그리고 그 눈을 감추듯이 닫고, 마히루는 아마네에게 미소를 지었다.

"응……."

다른 누가 있어도 아마네한테만 들릴 정도로 작고 짤막하게, 그러면서도 떨리는 음색으로 승낙한다는 뜻을 전한 마히루는 아마네의 품에 다시 얼굴을 파묻었다.

등을 꼭 감싼 팔은 아마네를 힘껏 잡고 놓지 않는다.

이젠 도망치게 두지 않겠다는 것 같아서 왠지 쑥스러우면서도, 아마네도 마히루의 작은 등을 단단히 팔로 감쌌다.

(──절대로, 놓치지 않아.)

소중히 여기고 싶다. 행복하게 해 주고 싶다. 사랑하고 싶다.

마히루와 마음이 통하고 처음 느낀 것은, 그런 감정이었다.

"마히루, 너를 행복하게 해 주고 싶어."

© Hanekoto

"약속해 주진 않을 건가요?"

천천히 고개를 든 마히루가 짓궂게 물어보는 바람에, 아마네는 웃고 나서 마히루의 귓가에 입술을 가까이 댔다.

"이건 내 소원이야. 내가 내 손으로 행복하게 해 주고 싶다는 소원이니까. 내 결심을 말하자면…… 소중하게 여기고, 행복하게 해 줄게. 반드시."

"응……."

열기를 가득 넣은 맹세의 말을 듣고, 마히루는 열기에 녹은 것처럼 풀어진 미소와 함께 고개를 끄덕였다.

She is the neighbor
Angel,

I am spoilt by her.

후기

아직 안 끝났거든요?!

그런고로 이 책을 사 주셔서 감사합니다. 작가인 사에키입니다.

4권을 끝까지 읽어 주셔서 감사합니다. 어쨌든 아직 안 끝났다고 말하고 싶습니다(두 번 강조).

4권에서는 마히루 양이 밀고 또 밀어서 아마네 군도 결심을 굳히고, 마침내 서로 맺어지게 되었습니다. 까놓고 말해서 이번에도 맺어지지 않을 뻔했다는 점에서 두 사람이 얼마나 소심한지 새삼스럽게 느낍니다.

두 사람은 정말이지 질질 끌다 맺어졌는데, 앞으로도 계속 답답하게 애를 태우면서 거리를 좁혀 나갈 예정입니다. 아마네 군의 소심함이 금방 사라질 리가 없잖아요(사악한 얼굴).

5권부터는 사귀기 시작한 뒤의 이야기입니다. 아직 예정한 이야기의 반도 진행하지 않았으니까, 이야기는 앞으로도 계속됩니다. 기왕이면 웨딩드레스 입은 마히루 양의 일러스트를 보고 싶으니까, 그때까지 가고 싶네요!

이번에도 하네코토 선생님의 멋진 일러스트가 폭발했습니다. 커버, 컬러 페이지, 전부 귀여워요……. 머리를 묶은 마히루 양의 가정적인 느낌과 물씬 풍기는 요염함은 차마 뭐라고 표현할 수 없습니다. 매일 이런 마히루 양이 집에 있는데, 아마네 군은 얼마나 배가 부른 걸까요.

이번에는 컬러 페이지에서 아마네 군이 많아서 솔직히 기쁩니다. 체격 차이는 좋은 거예요. 하네코토 선생님이 그리신 아마네 군이 너무 멋져서 너는 대체 왜 자신감이 없니…… 하고 작가가 머리를 싸맸습니다. 아마네 군, 멋지지 않나요?

다음 권부터는 건전하게 애정 행각을 벌이는 두 사람을 볼 수 있을 것 같아서 기대됩니다.

이제 마지막으로, 도움을 주신 여러분께 감사 인사를 하겠습니다.

이 작품을 출판하는 데 애써 주신 담당 편집자님, GA문고 편집부 여러분, 영업부 여러분, 교정자님, 하네코토 선생님, 인쇄소 여러분, 이 책을 사 주신 여러분, 정말 감사합니다.

다음 권에도 또 만나기를 빌면서, 이만 줄이겠습니다.

마지막까지 읽어 주셔서 고마워요!

옆집 천사님 때문에
어느샌가 인간적으로 타락한 사연 4

2021년 12월 20일 제1판 인쇄
2025년 02월 20일 제6쇄 발행

지음 사에키상
일러스트 하네코토

제작 · 편집 노블엔진 편집부

발행 데이즈엔터(주)
등록번호 제 2023-000035호
주소 07551 서울특별시 강서구 양천로 570 NH서울타워 19층
대표전화 02-2013-5665

ISBN 979-11-380-0900-3
ISBN 979-11-6625-555-7 (세트)

구매 시 파손된 도서는 구매처에서 교환하실 수 있습니다.
기타 불편사항, 문의사항이 있으신 독자님께서는 노블엔진 홈페이지
[http://novelengine.com] 에서 Q&A 게시판을 이용해 주시기 바랍니다.

옆집 천사님 때문에 어느샌가 인간적으로 타락한 사연
1~4

후지미야 아마네가 사는 맨션 옆집에는 학교 제일의 미소녀인 시이나 마히루가 살고 있다. 두 사람은 딱히 이렇다 할 접점이 없지만, 비가 오는 날 흠뻑 젖은 시이나 마히루에게 우산을 빌려준 것을 계기로 기묘한 교류가 시작되었다.

혼자서 너저분하게 대충대충 사는 아마네를 차마 보다 못해, 밥을 차려 주거나 방을 청소해 주는 등 이것저것 챙겨 주는 마히루.

가족의 정을 그리워하면서 점차 다정한 모습을 보이기 시작하는 마히루. 그러나 그 호의를 알면서도 자신감이 없는 아마네. 두 사람은 자신의 마음에 솔직하게 굴지 못하면서도 조금씩 서로의 거리를 좁혀 나가는데 …….

 사에키상 지음 | **하네코토** 일러스트 | **2022년 1월 제4권 출간**
청춘의 상상, 시동을 걸어라!

**가난한 내가 유괴 사건에 말려들면서 모시게 된 주인은
숙녀의 탈을 쓴 생활력 빵점 영애였다──?!**

아가씨 돌보기

영애들이 다니는 명문 학교에서
제일가는 아가씨(생활력 없음)를 남몰래 돕는
시중 담당이 되었습니다

1

남자 고등학생 '토모나리 이츠키'는 유괴 사건에 말려들었다가 국내에서 손꼽히는 재벌 가문의 아가씨인 '코노하나 히나코'의 시중을 들게 되었다.

겉으로는 뭐든지 잘하는 히나코 아가씨. 하지만 그 정체는 혼자서는 일상에서 아무것도 못할 정도로 생활력이 없고 나태한 여자애. 그러나 히나코는 집안의 체면상 학교에서는 '완벽한 숙녀'를 연기해야만 한다. 그런 히나코를 지키고 싶은 마음에 하나부터 열까지 지극 정성으로 모시는 이츠키. 마침내 히나코도 그런 이츠키에게 몸과 마음을 의지하는데…….

**어리광 만점! 생활력 빵점?!
완벽한(?) 아가씨와 함께하는 러브 코미디!**

 사카이시 유사쿠 지음 | 미와베 사쿠라 일러스트 | 2022년 1월 출간
청춘의 상상, 시동을 걸어라!

어새신즈 프라이드

13
廻天導地
~암살교사와 회천도지~

◆

애니메이션 방영작

프란돌에서 금기로 치는 역사.

그 어둠을 파헤치고자 시간 여행으로 5천 년 전 고대 세계에 도착한 메리다 일행. 쿠퍼로부터 배운 시간 여행자의 매너, 『역사를 바꿔서는 안 된다』를 가슴에 품고, 소녀들은 세계의 진상에 도전한다──.

그리고 5천 년 전 세계에서 메리다 일행이 목격한 것은 인류의 멸망을 향한 카운트다운과 부단히 맞서 싸우는 고대인들의 모습.

봉인된 역사의 진실에 다가가는 공작가 영애들. 그리고 마침내…… 세계를 바꾼 운명의 순간이 찾아온다!

아득한 옛 대지를 분주하는 소녀들이 선택해야 하는 길이란──.

아마기 케이 지음 | **니노모토니노** 일러스트 | **2021년 11월 출간**

청춘의 상상,시동을 걸어라!

제15회 MF문고J 라이트노벨 신인상 《최우수상》 수상작
2021년 7월부터 애니메이션 방영!

탐정은 이미 죽었다

1~5

◆

애니메이션 방영작

고등학교 3학년인 나, 키미즈카 키미히코는 한때 명탐정의 조수였다.

——"너, 내 조수가 되어줘."

시작은 4년 전, 지상 1만 미터 위의 상공. 하이재킹을 당한 비행기 안에서 나는 천사 같은 탐정 시에스타의 조수로 선택되었다.

그로부터 3년, 우리는 눈부신 모험극을 펼쳤고—— 죽음으로써 헤어졌다. 홀로 살아남은 나는 일상이라는 이름의 현실에 빠져 안주하고 있었다. ……그걸로 괜찮냐고?

괜찮고말고.

다른 사람에게 피해를 주는 것도 아니니까.

그렇잖아? 탐정은 이미, 죽었으니까.

니고 쥬우 지음 | 우미보즈 일러스트 | 2021년 10월 제5권 출간
청춘의 상상, 시동을 걸어라!